光文社文庫

長編時代小説

まよい道

吉原裏同心(32)

決定版

佐伯泰英

光 文 社

目次

新吉原廓内図

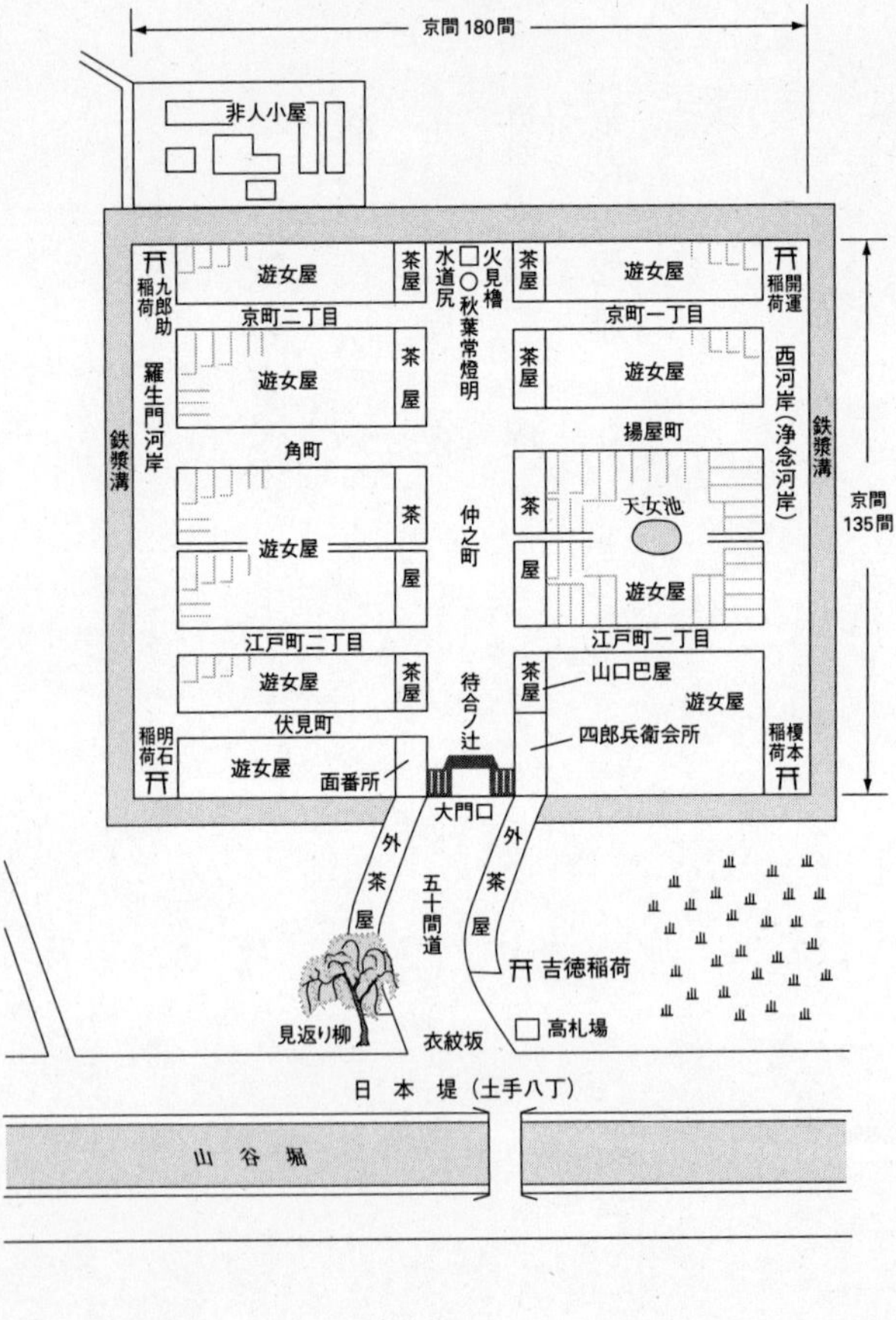
京間180間
非人小屋
九郎助稲荷
遊女屋
茶屋
水道尻
火見櫓
秋葉常燈明
茶屋
遊女屋
開運稲荷
京町二丁目
京町一丁目
羅生門河岸
遊女屋
茶屋
茶屋
遊女屋
西河岸(浄念河岸)
鉄漿溝
揚屋町
角町
鉄漿溝
茶
仲之町
茶
天女池
京間
135間
遊女屋
屋
屋
遊女屋
江戸町二丁目
江戸町一丁目
遊女屋
茶屋
待合ノ辻
茶屋
山口巴屋
遊女屋
伏見町
四郎兵衛会所
明石稲荷
遊女屋
面番所
榎本稲荷
大門口
外茶屋
五十間道
外茶屋
吉徳稲荷
見返り柳
衣紋坂
高札場
日本堤(土手八丁)
山谷堀

北
東
南
西
荒川
千住大橋
鐘ヶ淵
隅田村
千住道
小塚原
隅田川
田端
日暮里
三河島
駒込
谷中
日本堤
金杉上町
新吉原
千駄木
白山
下谷
今戸町
山谷堀
鷲神社
浅草寺
東叡山寛永寺
根津権現
今戸橋
御薬園
小石川
本郷
中堂
幡随院
広徳寺
阿部川町
東本願寺
浅草花川戸町
吾妻橋
伝通院
不忍池
新堀川
田原町
竹町ノ渡し
三間町
菊坂町
池之端仲町
下谷広小路
御徒町
並木町
駒形堂
湯島天神
春日町
水戸徳川家
蔵前
牛込
森田町
石原町
御米蔵
神田川
神田明神
外神田
向柳原
神楽坂
牛込御門
小石川御門
水道橋
天王町
浅草橋
柳橋
御竹蔵
番町
昌平橋
筋違御門
和泉橋
柳原土手
両国広小路
本所
市谷
田安御門
俎板橋
雉子橋御門
一ツ橋御門
内神田
馬喰町
両国橋
回向院
竪川
市谷御門
清水御門
神田橋御門
小伝馬町
今川橋
日本橋
新大橋
常盤橋御門
北町奉行所
室町
小名木川
麹町
江戸城
半蔵御門
江戸橋
呉服橋御門
仙台堀
深川
南茅場町
西之御丸
日本橋
材木町
南町奉行所
永代橋
鍛冶橋御門
組屋敷
八丁堀
京橋
桜田御門
霊岸島
富岡八幡宮
永田町
赤坂御門
数寄屋橋御門
石川島
越中島
山王日枝神社
西本願寺
新橋
築地
佃島
溜池
幸橋御門
汐留橋

貴船神社
鞍馬寺
延暦寺
比叡山
賀茂神社
深泥池
妙円寺
修学院離宮
新宮神社
半木神社
曼殊院
高野川
詩仙堂
下鴨神社
天寧寺
上御霊神社
相国寺
烏丸通
鴨川
銀閣寺（慈照寺）
内裏（御所）
如意ヶ岳
永観堂（禅林寺）
南禅寺
一之船入
三条大橋
錦市場
知恩院
粟田口
祇園
祇園社
河原町通
高台寺
建仁寺
八坂の塔
烏丸通
六波羅蜜寺
清水寺
東海道
方広寺
妙法院
本願寺
智積院
三十三間堂
奈良街道
万寿寺
東福寺
伏見稲荷

京 概略図
神護寺
常照寺
大徳
金閣寺(鹿苑寺)
龍安寺
等持院
仁和寺
大報恩
北野天満宮
大覚寺
千本通
妙心寺
所司代屋
広隆寺
天龍寺
二条
嵐山
松尾大社
島原
西大路通
桂川
西芳寺(苔寺)
天神川
丹波口
西本
桂の渡し
東寺
桂川
N

『まよい道』主な登場人物

神守幹次郎……豊後岡藩の馬廻り役だったが、幼馴染で納戸頭の妻になった汀女とともに逐電の後、江戸へ。吉原会所の七代目頭取・四郎兵衛と出会い、剣の腕と人柄を見込まれ、「吉原裏同心」となる。薩摩示現流と眼志流居合の遣い手。

汀女……幹次郎の妻女。豊後岡藩の納戸頭との理不尽な婚姻に苦しんでいたが、幹次郎と逐電、長い流浪の末、吉原へ流れつく。遊女たちの手習いの師匠を務め、また浅草の料理茶屋「山口巴屋」の商いを任されている。

加門　麻……元は薄墨太夫として吉原で人気絶頂の花魁だった。吉原炎上の際に幹次郎に助け出され、その後、幹次郎のことを思い続けている。幹次郎の妻・汀女とは姉妹のように親しく、先代伊勢亀半右衛門の遺言で落籍された後、幹次郎と汀女の「柘榴の家」に身を寄せる。

四郎兵衛……吉原会所七代目頭取。吉原の奉行ともいうべき存在で、江戸幕府の許しを得た「御免色里」を司っている。幹次郎の剣の腕と人柄を見込んで「吉原裏同心」に抜擢した。

仙右衛門……吉原会所の番方。四郎兵衛の右腕であり、幹次郎の信頼する友でもある。

玉藻……仲之町の引手茶屋「山口巴屋」の女将。四郎兵衛の娘。料理人正三郎と夫婦になった。

三浦屋四郎左衛門……大見世・三浦屋の楼主。吉原五丁町の総名主にして四郎兵衛の盟友であり、ともに吉原を支える。

身代わりの左吉……罪を犯した者の身代わりで牢に入る稼業を生業とする。裏社会に顔の利く幹次郎の友。

嶋村澄乃……亡き父と四郎兵衛との縁を頼り、吉原にやってきた。若き女裏同心。

新之助……水道尻にある火の番小屋の番太。澄乃と協力し、吉原の治安を守る。

村崎季光……南町奉行所隠密廻り同心。吉原にある面番所に詰めている。

桑平市松……南町奉行所定町廻り同心。幹次郎とともに数々の事件を解決してきた。

桜季……八朔の夜に足抜を企てた咎により幹次郎の手で西河岸に落とされたが、心を入れ替え三浦屋に戻る。

金次……吉原会所の若い衆。

まよい道——吉原裏同心（32）

第一章　桜の京へ

一

京都盆地《ぼんち》の東に連《つら》なる三十六峰《ぽう》の切通《きりどお》し、「京七口《ななくち》」の一、粟田口《あわたぐち》に差しかかると京の町がおぼろな春のきざしに見えてきた。東海道《とうかいどう》の道筋にも東山《ひがしやま》にも薄紅色や白の桜の花が咲いて、小田原宿《おだわらしゆく》から旅をしてきたふたりを迎えた。

「義兄上《あにうえ》、京の町並みですか」

加門麻《かもんあさ》が感動を抑《おさ》えた口調で尋ねた。

「どうやらそのようだな。麻も承知であろう、姉様《あねさま》と妻《め》仇討《がたきうち》の逃避行《とうひこう》で京を通り過ぎたが、家並みを楽しむ余裕とてなかったでな。おそらく京の町であろう」

やはり粟田口で足を休めていた老夫婦が、

「間違いおへん、お侍《さむらい》はんが見てはる家並みが京どす」

と教えてくれた。

「ご老人、ご教示感謝致す」

「どっから来はったんどすか」

「江戸にござる」

「東国《とうごく》から上《のぼ》ってきはったんか、えらい道中どしたな」

「長い旅路でござった」

神守幹次郎《かみもりみきじろう》が正直な気持ちを伝えた。

小田原から京まで並みの旅人で十日から十二日と小田原宿で教えられた。だが、幹次郎は麻の足を考え、一日五、六里《り》(約二十〜二十四キロ)の無理のない歩みで京へ向かった。その結果、二十数日を要したが、ふたりの眼前に桜の花に包まれた京の都《みやこ》が広がっていた。

老夫婦に一礼したふたりは最後の行程《こうてい》を歩き出した。

「幹次郎様、着きました」

麻は旅の道中、幹次郎を呼ぶとき、義兄上と幹次郎様と幹どのをその場によって使い分けた。幹どのとか、幹次郎様と呼ぶときは両人だけの折りが多かった。

「着いたな」

「夢ではございますまいか」

「夢ならば覚《さ》めんでくれ。われらの修業はこれからゆえな」

桜の花びらの向こうに古刹《こさつ》の屋根が見えた。

土地の人に永観堂《えいかんどう》と呼ばれる寺院だった。禅林寺《ぜんりんじ》が正式な寺名だが、ふたりは知らない。山門《さんもん》の前で旅の無事を感謝して合掌《がっしょう》した。さらに行くと知恩院《ちおんいん》の大きな三門《さんもん》に達し、ここでも両人は手を合わせた。

「幹次郎様、すぐにも島原《しまばら》を訪《たず》ねられますか」

道中で幹次郎は時折り、京での修業と暮らしがどのようなものになりそうかを麻に伝えてきた。ゆえに麻は、京でいちばん古い花街《かがい》島原に行くことを漠《ばく》と承知していた。また江戸の元吉原《もとよしわら》は官許《かんきょ》の遊里《ゆうり》島原を模《も》したもので、現在の吉原もそれに倣《なら》って造られたと、麻は知っていた。

「四郎兵衛《しろべえ》様の忠言《ちゅうげん》があった。島原は京の花街としては第一だが、場所がいささか中心から離れておる。まず十日の間、京の町中にいて都のあれこれを知りなされとな、申された」

「京の都の見物ですか」

「麻、都を知ることもわれらの修業の一歩と考えよ」

「はい」

と麻が素直に応じた。

この日、大津宿《おおつしゅく》を六つ（午前六時）発《だ》ちしてゆっくりと京の粟田口を抜けていた。未《いま》だ昼前の刻限《こくげん》だった。

「麻、三条大橋《さんじょうおおはし》にまず立とうではないか。江戸日本橋《にほんばし》から京三条大橋が東海道だというでな、われら、三条大橋に立ってようやく東海道を歩き通したことになる」

「はい」

と答えた麻がなにごとか考え込んだ。

幹次郎は麻が考えていることを察することができた。

「姉様のことを思うておるか」

「ご一緒ならばどれほどよかろうかとつい思いました」

「われら、終生《しゅうせい》身内じゃぞ。さだめに従い、離れて暮らさねばならぬこともある。われら三人にとっての今後、さらには吉原にとっても向後《こうご》百年のための別離《べつり》である」

幹次郎は己《おのれ》に言い聞かせるような返事をした。

ふたりはいつしか町屋《まちや》に入っていた。

不意に清《きよ》い流れがふたりの前に現われた。せいぜい三間半《けん》（約六・四メートル）の川幅だが、清らかな水面《みなも》に満開の桜が両岸から差しかかっていた。

言葉もなくその白川《しらかわ》に架《か》かる巽橋《たつみばし》を見ていると、こっぽり下駄《げた》を履《は》いた舞妓《まいこ》が稽古《けいこ》にでも行くのか、橋の向こうから姿を見せた。

麻は思わず会釈《えしゃく》していた。

舞妓も麻の佇《たたず》まいになにかを感じたか、

「お越しやす」

と歓迎の言葉を残すとすれ違った。

舞妓の華やかな着物から淡い香りが漂《ただよ》ってきた。

幹次郎らは反対に橋を渡り、三条大橋に通じる大路《おおじ》に出ていた。

「おお、あちらに見えるのが三条大橋であろう。姉様といっしょに三条大橋で鴨《かも》川《がわ》を渡ったのをかすかに覚えておる」

幹次郎と麻は三条大橋の東詰《ひがしづめ》に立った。

「とうとう京に参りました」

「麻、われら三人の新たな旅がこの三条大橋から始まる」

幹次郎の言葉に麻が大きく首肯《しゅこう》した。

ふたりは黙然《もくねん》と鴨川の流れを見下ろしてしばし時を過ごした。

「橋の長さ六十一間（約百十一メートル）、幅三間一尺（約五・八メートル）。本邦にて橋杭を石にて作るは此橋を始とす」

と三条大橋を古書は記す。また、

「磐石の礎《いしずえ》は地に入ること五尋《ひろ》（約九・一メートル）、切石柱は六十三本也」

と伝える。

「浅草川《あさくさがわ》ほど水の流れは多くございませんね」

麻が鴨川の流れを見下ろしながら言った。麻の言う浅草川とは隅田川《すみだがわ》（大川《おおかわ》）の異称で、浅草寺《せんそうじ》界隈《かいわい》の土地の住人がそう呼んだ。

「京には東と西に大きな川がふたつ流れておるそうな。われらが見ておる流れが鴨川ならば、京の町の西に大堰川《おおいがわ》なる流れがある」

「幹次郎様、紅葉で有名な嵐山《あらしやま》を流れる桂川《かつらがわ》のことではありませんか。京からお見えになったお客様に聞いたことがございます」

「そなたが隅田川を浅草川と呼んだように、流れの一部では桂川とも呼ばれるのであろう」

と応じた幹次郎が、さあ、参ろうか、と歩き出したとき、

「おぬし、神守幹次郎ではないか」

と声がかかった。

振り向くと、京には似つかわしくない野暮《やぼ》な形《なり》の武士が二人《ににん》、幹次郎と麻を見ていた。

「御使番《おつかいばん》与謝野《よさの》様でございましたか」

なんと京の三条大橋で幹次郎の旧藩、豊後《ぶんご》岡《おか》藩中川《なかがわ》家の家臣にいきなり出くわそうとは、幹次郎も驚いた。だが、表情に驚きは見せなかった。

「風聞《ふうぶん》によれば、そなた、遊里吉原会所《かいしょ》で用心棒を務めておるとのことだが」

「はい、いかにもさようでございます」

と応じながら岡藩の中士《ちゅうし》の与謝野正《しょう》右衛門《えもん》が自分のことをどの程度承知か、思案した。

「与謝野様は京に御用でございますか」

「そのほうは知るまいがそれがし、大坂《おおさか》の小中島《こなかじま》の藩邸に出仕《しゅっし》しておってのう、このたび上役《うわやく》の命《めい》で京に岡藩の藩邸を設《もう》けるために下調べに参ったところだ。ま

さか三条大橋にてそのほう、神守幹次郎と出会うとはのう」

と言った与謝野がちらりと麻を見て、

「そのほうには汀女《ていじょ》なる女子《おなご》がおったのう」

と問うた。

幹次郎は、この旅の護《まも》り刀《がたな》に伊勢亀《いせき》の隠居《いんきょ》が授けてくれた五畿内摂津《ごきないせっつ》津田近江守助直《つだおうみのかみすけなお》を選んでいた。その柄《つか》に視線を落としながら、

「いかにもさよう、汀女は江戸に留《とど》まっておりまする。こちらはさる直参旗本《じきさんはたもと》家の加門麻様、いささか曰《いわ》くがございまして、京のさる高貴なお屋敷にお連れ申すところにございます」

と与謝野に咄嗟《とっさ》に虚言《きょげん》を弄《ろう》していた。

「未《いま》だ用心棒稼業《かぎょう》というわけか」

与謝野が軽《かろ》んじた言い方をした。とはいえ、与謝野は岡家中《かちゅう》ではさほど意地の悪い人物ではなかった。なにより旧藩時代の身分の差を考えれば致し方のない物言いだった。与謝野に悪意があってのことではないのを幹次郎は感じていた。

それより沈黙したまま幹次郎と麻を凝視《ぎょうし》する連れのほうが不気味だった。

さよう、と肯定した幹次郎は、

「与謝野様、お連れ様はご朋輩《ほうばい》にございますか」

「おお、この者か、岡藩の御目付《おめつけ》でのう、清水谷正依《しみずたにしようえ》だ。若手の有望株でな、抜刀流《ばつとうりゆう》の免許皆伝《めんきよかいでん》、腕利《うでき》きだ。こたびの御用も京不案内《ふあんない》のそれがしに同行してくれた」

抜刀流は岡藩の御家流《おいえりゆう》といってもよい流儀だ。ただし、中士以上でなければ入門は許されなかった。職階《しよつかい》が御目付といい、岡藩の選良《せんりよう》といっていい身分だった。

「清水谷どの、それがし」

と言いかけた幹次郎に、

「そのほうの名を口にするのも聞くのも岡藩家臣の間では禁忌《きんき》でのう。なんでも江戸藩邸ではそのほうの復藩話があるとか、岡城下ではさよう甘くはないと心得よ」

若い清水谷が幹次郎に尖《とが》った口調で言い渡した。

「清水谷どの、さようなことはいささかも考えたことはございませぬ」

「用心棒稼業を済ませたら早々に江戸へと去《い》ね」

「ご忠言肝《きも》に銘《めい》じます。されど用心棒稼業とは申せ、主《あるじ》の命は拒《こば》むわけにはいきません。京のお方のお言葉次第でそれがしの明日からの動きは決まります」

「ともあれ、豊後岡藩に関わりの場所に近づくでない」

「相分かりました」

と答えた幹次郎は、

「麻様、参りましょうか。御所《ごしょ》のお方が首を長くしてお待ちでございましょう」

と話しかけた。

「なに、この女子、吉原辺りの遊女であったか」

清水谷が幹次郎の言葉に直感したか、麻の身分をこう評した。

「与謝野様、清水谷どの、これにて失礼致します」

幹次郎は麻を先に立たせて後ろから従った。その背にいつまでも清水谷と思える疑いの視線が追ってくるのが分かった。

橋を渡ったふたりは三条通《どおり》へと進み、御所へ通じる高倉《たかくら》通へと曲がった。

「さあて、われらが旅籠《はたご》を通り過ぎた。あの者たち、われらがどこに泊まるか分かるまい。もとへと戻ろうかのう」

「与謝野様は人のよさそうなお方に見えましたが、もう一人《いちにん》のお方は油断のならない人にございますな」

「まさか岡藩が京に藩邸を構えるなどあろうか」

豊後岡藩が数年前に家中一統《いっとう》に厳しい倹約令《けんやくれい》を出したことを、幹次郎は吉原会所の手蔓《てづる》で承知していた。

「与謝野様は虚言を弄されましたか」

「それはお互いじゃや、麻」

「そうどした、うちは御所のどなたはんかに売られた身どしたな」

麻がだれから教わったか京言葉で幹次郎に答えて、笑った。

「ほう、麻は京言葉を話すか」

「とあるお方に教わりました。でも、京の方々がお聞きになったら笑止千万《しょうしせんばん》にございましょう」

と苦笑いに変えた麻と幹次郎は、小路《こうじ》をふたたび鴨川の方向へと戻っていった。

四郎兵衛が幹次郎に口利き状を書いて持たせた二通のうちの一通が、高瀬川一之船入《たかせがわいちのふないり》近くの木屋町《きやまち》通の旅籠、その名も「たかせがわ」に宛《あ》てたものだった。

「あれ、またきれいな流れに出ました」

麻の驚きの声に川の上流と下流を眺めた幹次郎が、

「これが高瀬川であろう。となると四郎兵衛様の口利きの旅籠のたかせがわもさほど遠くはないはずだ」

流れに架かる石橋に佇んで下流を振り向くと、酒樽《さかだる》を積んだ船がゆっくりと遡《さかのぼ》ってきた。

「角倉了以《すみのくらりょうい》と素庵《そあん》親子がこの京の真ん中と伏見《ふしみ》を結ぶ堀、高瀬川を造ったそうな。二百年近く前のことだ。伏見は摂津大坂からの三十石船《さんじっこくぶね》の船着場ゆえ、荷は大坂からこの橋の上《かみ》の一之船入、つまりは船着場まで運んでこられるのだ」

「よう承知どすな、幹次郎はん」

「そなたの京言葉ほどではない。もはや他に京について語る知識はない」

ふたりは江戸より無事京の都に着いた安堵《あんど》から、高瀬川の流れに桜の花びらが散る光景をいつまでも眺めていた。

麻が不意に後ろを向き、

「あれ、あそこの暖簾《のれん》にたかせがわと染め抜いてありませんか」

と手で指した。

「おお、一之船入の前ではないか。参ろうか」

「長い旅路でございましたな」

「麻、それがしと姉様は追っ手にかかって諸国を十年も彷徨《さまよ》った。じゃが、そなたかっ……

たとは鎌倉《かまくら》に参ったのがいちばんの長旅であろう。こたびの旅はきつくはなかったか」

「いえ、麻の生涯でいちばん楽しい日々にございました。幹次郎様とふたりだけで旅ができるなんて努々《ゆめゆめ》思いもよらぬことでございます」

「伊勢亀半右衛門《はんえもん》様、ご隠居の、思いがけない申し出がかような旅につながった。麻はいくら感謝してもし足りまい」

「それと姉上《あねうえ》のお言葉がなければ」

「かような旅はできなかったな」

とふたりは小田原からの道中で幾《いく》たび繰り返したか、同じ問答を重ねた。

「はい。ですが、もうひとり、恩人が欠けております」

「ほう、どなたかな」

「神守幹次郎様がいなければ、伊勢亀のご隠居も麻を身請《みう》けするようなことはお考えにならなかったはず」

ふたりは旅籠たかせがわの前で足を止めて過ぎ去った日々を振り返っていた。

「すべてはさだめじゃや、麻」

「はい。さだめには逆《さか》ろうてはなりませぬな」

「いかにもさよう」

と応じた幹次郎がたかせがわの暖簾を潜《くぐ》り、

「御免《ごめん》」

と声をかけた。すると女衆《おんなし》がふたりの到来を待ち受けていたように、

「神守幹次郎様、麻様、お越しやす」

と迎えてくれた。


幹次郎と麻が通された部屋は、なんと中庭を挟んで、鴨川を眺め下ろす二階座敷だった。開け放された障子の向こうに東山三十六峰が眺められ、峰々には山桜か、白い花がおぼろに浮かび上がっていた。そして、京の家並みの手前に鴨川に架かる三条大橋が見えた。

「幹次郎様、なんとも贅沢《ぜいたく》の極《きわ》みです、この気持ちの半分を姉上におすそ分けしとうございます」

「姉様は麻が幸せになることを望んでおる。われら、その姉様の気持ちに応えるにはこの一年の京滞在の成果を持ち帰るしかない」

「分かっております」

不意に傍《かたわ》らに立つ麻の体が傾いて幹次郎に寄りかかった。幹次郎は麻の細い体を静かに抱き寄せた。

「いつまでも時が止まってくれればよいのに」

「一年をかように東山と家並みを見ながら過ごすというか」

「それ以上の幸せがございましょうか」

「なかろうな」

幹次郎は座敷の外に人の気配を察して麻の体を優しく離した。

「神守様、書状が届いてまっせ」

と男衆《おとこし》の声がして、

「どうぞお入りくだされ」

と幹次郎が願った。

宿帳《やどちょう》といっしょに差し出された封書が吉原会所の七代目頭取《とうどり》四郎兵衛の筆跡《て》であることを幹次郎は認めていた。

「私どもより先に七代目の文《ふみ》が京に到着しておりましたか」

麻が訝《いぶか》しそうな顔で言った。

「麻、早飛脚《はやびきやく》なれば六、七日で江戸から京へ届こう。われらの旅は二十日以上もかかっておるでな、四郎兵衛様の文が早く着いたのだ」

「文が届いたんは七日前のことどした」

と応じた番頭が書状と宿帳を幹次郎に渡し、麻がなにがしか心づけを渡して、

「十日ほどお世話になります。宜《よろ》しゅう京のこと教えてくださいまし」

と番頭に願った。

二

四郎兵衛の書状には、幹次郎が江戸を離れてからの廓内《くるわうち》の近況が細々《こまごま》と認《したた》めてあった。四郎兵衛は幹次郎を案じさせまいとしたか、深刻な出来事は記していなかった。番方《ばんかた》の仙《せん》右衛《え》門《もん》ら一同が幹次郎の抜けた穴を埋《う》めようと、気持ちを改めて吉原会所の務めに励んでいることが特筆《とくひつ》してあり、

「ただ今のところ五丁町《ごちょうまち》の名主《なぬし》らも静かで、吉原会所の次の頭取がどうなるかなど、口にはしない状態が続きおり候《そうろう》。私の勘《かん》ではかような、一見穏やかながら不穏を秘めた平穏がしばらくは続くものかと推量《すいりょう》致し候」

とあり、

「汀女様がふたりの不在の穴を埋めるように浅草並木町《なみきちょう》の料理茶屋、また廓内の遊女らの手習い塾を、時の許すかぎりお務め下されて恐縮至極に御座候」

とも付記してあった。そして四郎兵衛の文には汀女からの書状が同封《どうふう》されていた。

ふたりはまず四郎兵衛の文を読みながら遠い江戸のことに想いをはせた。だが、江戸と京と遠く離れた今となっては、幹次郎も麻もこの一年をどう過ごすかに気持ちを切り替えるべきとお互い肝に銘じた。そして、幹次郎が、

「明朝、お互いに姉様と四郎兵衛様に宛てて文を認めようか」

と汀女の文を手にしたとき、

「神守様、麻様、湯が沸《わ》いてまっせ。旅の疲れを流して夕餉《ゆうげ》を召し上がっとくれやす」

と旅籠たかせがわの主人の猩左衛門《しょうざえもん》が挨拶がてら顔を見せた。

「主《あるじ》どのにござるな。それがし、神守幹次郎と申す。こちらは義妹《いもうと》の加門麻です。明日には主どのに向後のことを相談したく帳場《ちょうば》にお伺《うかが》いしようと考えておりました」

との幹次郎の返事に、

「吉原の四郎兵衛様から幾通も文にてお知らせがございましたんや。向後のことは神守様が言わはる通り、明日、ゆっくりとお聞きしまひょ。まずは旅塵《りょじん》をさっぱりと洗いながして夕餉を召し上がっとくれやす。早筍《はやだけのこ》が美味《お い》しおっせ」

猩左衛門は四郎兵衛から文でふたりのことは知らされているとみえて、そう告げると部屋から去っていった。

「麻、湯に入らせてもらおうか」

と幹次郎が言うと、旅の荷から真新しい下着を麻が取り出して幹次郎に持たせた。

「麻もいっしょせぬか」

「幹どのがまず湯をお使いください。私はしばらく京の景色を眺めていとうございます」

麻は桜が京を染めた景色を見ていたいと言った。

「ならばそれがしが先に湯をもらおう。この旅籠、男湯と女湯のふたつを備えているように思えるがのう」

と言い残した幹次郎は麻が渡してくれた着替えを持って階下に降りた。

湯殿《ゆどの》はやはり男湯と女湯に分かれてあった。

幹次郎はかかり湯を使い、白木の湯船に向かった。

江戸の湯屋《ゆや》と違い、柘榴口《ざくろぐち》などない。湯船には年寄りの客が独《ひと》りゆったりと身を湯に委《ゆだ》ねていた。

「ご老人、相湯《あいゆ》を願ってよかろうか」

と幹次郎は先客に願った。

「旅籠の湯です、遠慮せんとお入りくださいまし」

老人の言葉は東国の、それも江戸言葉であった。

幹次郎は湯船に身を浸《つ》けて、

「江戸のお方ですか」

と尋ねた。

「はい、江戸から仕事がてら京に参りました。歳も歳です、最後の京滞在かと思うております」

「いえいえ、お顔の色艶《いろつや》も宜しい、ご壮健《そうけん》とお見受け致す。当分その言葉は要《い》りますまい」

「お侍さんも江戸のお方ですかな」

「生まれは違いますが、ただ今は江戸の一隅《いちぐう》に厄介《やっかい》になっております」

「物見遊山《ものみゆさん》の旅とも思えませんな、やはり御用ですかな」

「はい、いささか京で修業したく一年ほど滞在致します」

「ほう、お侍さんが京で修業でございますか、私には修業先がどこであるか見当もつきませんな。なによりこの旅籠にお泊まりになるお武家さんは少のうございましてな」

「わが主の指名にございまして、最前旅籠に着き、なかなかしっとりとした佇まいに感心しました。本来それがし如《ごと》き野暮浪人《ろうにん》が泊まる宿ではないことは表口に立ったときから承知です」

「この旅籠は老舗《しにせ》にして町人が主な馴染《なじみ》客にございますでな、それにしても京に修業のお武家様とは珍しゅうございます」

と幹次郎の返事に拘《こだわ》った老人が、

「私は江戸駿河町《するがちょう》の呉服屋《ごふくや》の隠居でございます、最前仕事がてらと申し上げましたが、正直に言うと京を見納めに来たのです」

「駿河町の呉服店《だな》と申せば、それがしは三井《みつい》の越後屋《えちごや》呉服店の名しか存じません」

幹次郎が答えると、

「有難《ありがた》いことでございますな、お侍さんの口から店の名を聞くとは。三井の越後屋の隠居、楽翁《らくおう》です」

と微笑《ほほえ》んだ老人が答えた。

「江戸におれば、とても相湯など願えませぬ」

「お武家さんは如才《じょさい》のないお方ですな。浪人さんにも見えず、かといって屋敷奉公にも見えません」

「ご隠居どのが正直に名乗られましたゆえ、それがしも奉公先を申し上げます」

「なんとのうどこぞでお見かけしたようなそうでないような、年寄りになると物覚えが悪くなりましてな」

と老人が幹次郎の言葉を遮《さえぎ》ってさらに続けた。

「もしや北国《ほっこく》の傾城《けいせい》に関わりのあるお方ではありませんか」

「いかにもさよう。吉原会所に雇《やと》われておる神守幹次郎と申す者にございます」

「やはりそうでしたか。そなた様の名はあちらこちらで聞かされておりましてな、江戸を離れて京の地の旅籠の湯船の中で対面とは不思議な縁《えにし》でございますな」

「はい、旅先でなければ三井のご隠居と湯船でご一緒することなど叶《かな》いますまい」

しばし間を置いた老人が、

「なんの、神守様は札差《ふださし》の伊勢亀のご隠居とも知り合いでございましたな」

と話を転じた。

「晩年に可愛《かわい》がっていただきました」

「風聞によれば、吉原会所の神守様は伊勢亀のご隠居の最期《さいご》の場に立ち会っておられたそうな」

「噂話は埒《らち》もないものでございます」

「ではさようなことはなかったと申されますかな」

幹次郎はただ笑みの顔を楽翁に向けたが、その問いには答えなかった。

「そればかりでは終わりはしなかった。これは読売《よみうり》が書いたことゆえ、風聞では済まされますまい。薄墨太夫《うすずみだゆう》を伊勢亀のご隠居の遺言で大籬《おおまがき》(大見世《おおみせ》)の三浦屋《みうら》から落籍《らくせき》させたのは、神守幹次郎と申される御仁《ごじん》、私の隣で湯に浸かっているお方じゃそうな」

「ようご存じでございますな。いかにも身罷《みまか》られた伊勢亀の隠居のご遺志を務めさせていただきました」

幹次郎の返答に楽翁は小さく頷《うなず》き、

「伊勢亀の先代は一介の札差とは違います。百軒からの札差を束《たば》ねてこられた御仁です。私も何度かお目にかかったことがございますが、あのお方のお眼鏡《めがね》にかなう神守様が京に修業とは、伊勢亀の関わりでございますかな」

「いえ、そうではございません」

と幹次郎が話柄《わへい》に蓋《ふた》をするように答えると、

「初対面のお方に立ち入ったことをお尋ね致しましたな、年寄りの悪い癖《くせ》と思うてお聞き逃しくださいまし」

なんのことがございましょうや、と笑みの顔で答えた幹次郎は、

「楽翁様は京に長逗留《ながとうりゅう》でございますかな」

と反対に質《ただ》した。

「離れ屋にあとひと月はお邪魔しております」

「それがし、京は初めてに等しき土地、十日ばかりこの旅籠に寄せてもらいます」

「神守様、退屈しのぎに夕餉などごいっしょするのは迷惑ですかな。大坂を食い倒れと称《しょう》しますがな、私には京の食い物が口に合《お》うて美味しゅうございます」

「機会があればその折りは」

と曖昧《あいまい》に応じた幹次郎は、

「お先に失礼します」

と湯船から上がった。

部屋に戻ると麻が、

「幹どのにしては長湯でしたね」

と質した。

「江戸のお方と相湯してな、話をしておった」

「物見遊山に京に参られる江戸の人は限られておりましょう。どちら様か名乗られましたか」

「三井の越後屋呉服店のご隠居楽翁様であった」

「なんということで」

「麻は知り合いかな」

「私が花魁《おいらん》になる以前にはしばしばお遊びに参られたようですが、ご隠居になって吉原からは足が遠のかれました」

と麻が答えた。

「厄介かのう」

「いえ、四郎兵衛様が紹介なされた旅籠です。このたかせがわに泊まる客には東国からのお方もおられましょうが、幹どのが会われた三井のご隠居様のようなお方ばかり、知り合いになってなんの差し障《さわ》りがありましょう」

「そうじゃのう」

と応じた幹次郎は、

「麻、湯に入ってきなされ」

と麻を湯殿に向かわせようとした。すると麻が、

「幹どの、姉上の文を読みながらお待ちくだされ」

「そなたといっしょでのうてもよいか」

「私は、あとでじっくりと読ませていただきます」

と言い残して部屋を出ていった。

幹次郎は汀女の文を手に、麻が見ていた開け放された障子の向こうの京の黄昏《たそがれ》どきを眺めた。

桜の花がいよいよ西山《にしやま》の端《は》にかかったであろう日の黄金色《こがねいろ》の光を受けて、京の町を寡黙《かもく》にも艶《あで》やかに彩《いろど》っていた。

幹次郎はやはりできることなれば、

(姉様を、汀女を加えて京を訪れたかった)

と思った。だが、われら三人の身内に課せられた難題を乗り越えるための試練と己に言い聞かせた。

そして、部屋に座して汀女の文をゆっくりと披《ひら》いた。すると文から汀女の好む香《こう》が漂ってきた。

「幹どの、麻へ
この文を両人で読み合うときは、京に無事到着したときでございましょう。麻、旅は難儀《なんぎ》ではございませんでしたか。旅慣れた幹どのが供《とも》です。差し障りもなく京に安着《あんちゃく》したと姉は信じております。

おふたりの修業はこれから始まります。幹どのは無論《むろん》のこと、麻が古都《こと》京の中に向後の吉原のため新たな息吹《いぶき》を見つけ学んで江戸に戻ってくることを吉原会所も私も願っております。

四郎兵衛様に許された一年は長いようで短《みじこ》うございます。ですが、ふたりなれば必ずや吉原に新たな風を起こす方策を身につけて戻ってこられましょう。

吉原は四郎兵衛様からご報告がございましたでしょうが、私から見ても『野分《のわき》を待つ一時の平穏』が漂っていると申して宜しいかと存じます。

おふたりは吉原のことを案ずることなく京をまず見聞なされませ。

幹どの、麻、ふたりだけの京の一夜を存分に楽しみなされ。これは幹どのと固い絆《きずな》に結ばれた私からの願いであり、妹への望みでもあります。こたびの京行きで吉原の薄墨であった時節を忘却《ぼうきゃく》し、新たな女加門麻へと生まれかわる道を見つけなされ。そのために両人して力を合わせて生き抜いてくだされ。

私は、姉は、ふたりがつかの間の幸せのときを過ごすことを江戸から切《せつ》に願《ねご》うております。

汀女」

とあった。

幹次郎は短い文に込められた汀女の気持ちに背信《はいしん》を覚えると同時に、この旅は麻から薄墨の残滓《ざんし》を消すための旅と汀女が考えていることを思い知らされた。

幹次郎は汀女からの文を手に言葉もなく京の宵《よい》を眺めていた。

「旦那《だん》はん、夕餉の膳《ぜん》をお持ちして宜しおすか」

「願おう」

と応じた幹次郎は婀《たお》やかな顔立ちの女衆を見返すと、

「女将《おかみ》の高子《たかこ》どす」

と名乗った。

「おお、今宵から世話になる神守幹次郎にござる。女将、宜しく願おう」

「こちらこそ宜しゅうおたの申します」

と高子が丁重《ていちょう》な仕草で応じると部屋から辞去《じきょ》していった。江戸からの客の風《ふう》体《てい》を確かめに来たのだろうか、いや、挨拶だな、などと、幹次郎は勝手に思いながら暮れなずむ東山の光景を飽《あ》きもせず眺めていた。すると若い女衆が膳を運んできた。

「京の酒をつけてくれぬか」

「燗《かん》はどないしましょ」

「温《ぬる》めの燗にしてくだされ」

「承知しましたえ」

しばらくすると燗酒を運んできた。そして、行灯《あんどん》を点《とも》すと、

「お任せ申します」

と言い残して去っていった。その機に合わせたように素顔の麻が戻ってきた。

「どうだった、湯は」

「湯の中で江戸からの道中を思い起こしておりました」

麻が幹次郎の手にある汀女の文に目を留めた。

「幹どの、姉上からなんと」

「文はそなたにも宛てたものだ。短いものゆえ読むか」

と幹次郎が麻に差し出した。

行灯の傍らに座った麻が汀女の文に視線を落とした。文字を追う麻の肩が震え始めた。そして、

「姉上」

と呟《つぶや》き、涙を流している気配で読み続けた。

短い文を幾たびも読み返したか、しばしの間があって麻が振り向くと幹次郎に縋《すが》りついて、

「麻は幸せでございます」

と言った。

幹次郎はそんな麻を両腕に抱き締めた。湯上がりの麻の香りをかぎながら、暮れなずむ京の町と東山を見ていた。

「われら三人の身内は、世間の考えからすると、奇妙な関わり、大いに変わっているのかもしれぬ。だが、世間にひとつくらい、かような男女三人の関わりがあったとしてもよかろう。それがしは人妻の姉様の手を引いて豊後岡藩を抜け、十年にわたり、妻仇討と呼ばれ追っ手から逃げ回ってきた。そして、吉原会所に拾われてようやく安住の地を得た……」

「……麻は、その吉原の遊女として神守幹次郎様と汀女様夫婦に出会い、吉原を焼き尽くした大火《たいか》の折り、死を覚悟した私を幹次郎様は己の命をかけて助けてくださいました。薄墨にとって命の恩人にございます」

「その三人が縁あって身内になり、麻とそれがしのふたりは京の都におる。神守幹次郎になにができるのか知れぬが、向後百年の吉原の基《もとい》をつくる手助けをして、吉原に恩義を返したい、と思う。麻、われら身内の三人は世間になんと言われようと、伊勢亀のご隠居の遺志は貫《つらぬ》きたいのだ。その他は大したことではない、瑣事《さじ》に過ぎぬ。この幹次郎の理《ことわり》、麻は分かるな」

「はい」

と身を震わしていた麻の体が幹次郎の腕の中で落ち着きを取り戻していた。

幹次郎、汀女、麻の男女三人が同じ屋根の下に暮らすようになったのは伊勢亀の先代、隠居のおかげであった。身罷った者が吉原一の花魁を身請けするのも異例なら、その代役を吉原会所の裏同心と呼ばれる陰の者が果たしたのも尋常《じんじょう》な話ではあるまい。その他、言い出せばキリがないほどの人びとの厚意があって幹次郎と麻が京にいた。

黙って抱き合うふたりの時がいつしか流れていた。

「麻、旅籠のご厚意の京の馳走《ちそう》を頂戴《ちょうだい》しようか」

幹次郎が麻を離す前に、もう一度両腕で抱き締め、膳の前に誘《いざな》った。

「あら、筍料理があれこれと並んでおります」

「京は着倒れというが、三井のご隠居は、京の食い物は食い倒れの大坂より口に合うと申された。さて」

温めの燗酒を楽しみ、京の東山が暮れなずむのを見ながら、ふたりは初めての京の料理を愛《いつく》しんで食した。

「三井のご隠居のお口はたしかです。筍をはじめ、なんとも野菜が美味しゅうございます」

東海道を歩き通してきたふたりの京の一夜は始まったばかりだった。

三

翌朝、朝餉《あさげ》を食した両人の前に新たなお茶を淹《い》れて運んできたのは、旅籠の主、猩左衛門自《みずか》らであった。

「われらが帳場をお訪ねしようと思うておりましたが。恐縮です」

と幹次郎が応じた。

「なんのこともおへん。神守様と麻様はお客はんどす。主が客人の座敷をお訪ねするんが礼儀どす」

とあっさりと答えた猩左衛門が、

「神守様、お武家様が京の花街の島原にて修業したいそうな、真《まこと》のことどすか」

と質した。

「いささか事情がございまして」

四郎兵衛と猩左衛門の間に深い付き合いがあるのは分かっていた。だが、幹次郎がこう迂遠《うえん》な返事をしたのは、こたびの一件を四郎兵衛がどこまで書状にて告げているか判断がつかなかったからだ。

「事情を話しとくれやす」

猩左衛門はそれによって対応が違うと言っているように思えた。

「主どの、江戸吉原でのそれがしの仕事をご存じでございますか」

「吉原会所の陰の同心はんとちゃいますか」

首肯した幹次郎は汀女とふたり、吉原会所に世話になったきっかけを掻《か》い摘《つま》んで話した。猩左衛門は幹次郎の話に頷きながら聞き入り、幹次郎の人物を自ら確かめている様子があった。

「吉原を実際に差配《さはい》するのは江戸町奉行所やおへんな。五丁町の名主《なぬし》に支えられた吉原会所の頭取はんや」

「いかにもさようです」

「七代目四郎兵衛様は跡継ぎの八代目に、あんたはん、神守幹次郎様を推挙《すいきょ》しはったそうな」

幹次郎は驚きの眼差《まなざ》しで猩左衛門を見た。まさか四郎兵衛がそこまで伝えているとは思わなかったからだ。

「うちと四郎兵衛はんは若いころな、何年かこの京でともに過ごした間柄どす。若いころにうちが江戸を訪ねたこともありまっせ。四郎兵衛はんの考えも肝の据《す》わり方も承知や。その四郎兵衛はんが見込んだお方が神守幹次郎様どした」

「それがしにその器量があるかどうか自信はございませぬ。ですが、ただ今の吉原がこのまま安穏《あんのん》としているわけにはいきません。向後百年を考えて変わらざるを得ないこともたしかです」

幹次郎の言葉に大きく頷いた猩左衛門が質した。

「神守様、ひとつお訊きしてかましまへんか」

「なんなりと」

「神守様、刀を捨てはりますか」

この問いは幹次郎にとっていちばん返答するのが難儀なものだった。

四郎兵衛は幹次郎を八代目に推挙すると口にして以来、このことについて触《ふ》れたことはなかった。吉原会所の頭取になる以上、浪々《ろうろう》の身とはいえ町人になることが、刀を捨てることが条件であろうと漠然と察してはいた。だが、未だ幹次郎はこの問いに正面から向き合ったことはなかった。今回の京訪問に際しても曖昧なまま、猩左衛門のずばりと直截《ちょくせつ》な問いに即答できない自分がいた。

「正直な気持ちを申し上げます。これまでそれがしが吉原会所になにがしかの助けをなしたとすれば、それは刀を用いてのことでございました。これまで四郎兵衛様の申し出の中に『刀を捨てよ』との一条はございませんでした。島原での見習い修業は、刀なしで町人になって尽くせということであれば、そうする所存です」

「ほな、ただ今の段階では生涯刀を捨てる覚悟はあらへん、ということどすな」

「ということでございましょう」

しばし猩左衛門の返答には間があった。

「迷《まよ》て当然とちゃいますか。そやけど島原がどう対応しはるか、うちには予測がつきまへん」

「島原での見習い修業の間、無腰《むごし》ではいけませぬか」

猩左衛門は沈思《ちんし》した。

長い沈黙であった。

「神守様、島原に入る前にこの京の町中に十日ばかり逗留しはりますな。その間に気持ちを、考えを固めなはれ」

猩左衛門の返事に幹次郎は少しばかり安堵した。

「四郎兵衛はんが、あんたはんらにまずは京を知りなはれと命じられたんは大事なことや。江戸と京では白と黒がまるで反対なこともおますさかい、本日から京を歩いてみなはれ。どこぞ見物したいとこはおへんか」

猩左衛門の問いに幹次郎は、ふたりの問答をじいっと聞いていた麻の顔を見た。

「義兄上、私に答えよと申されますか」

麻の念押しに幹次郎は首肯した。

「江戸にて聞いた耳学問です。夏の京の賑《にぎ》わい、祇園祭《ぎおんまつり》の山鉾《やまほこ》が通る祇園社《しゃ》から京見物を始めとうございます」

「おお、それは宜しおすな。あんたはんなら、祇園社門前町のよさはお分かりでっしゃろ」

猩左衛門は加門麻の前歴を承知のようで言った。

「猩左衛門様、京は洛中《らくちゅう》、洛外《らくがい》と分けられるそうでございますね。島原は洛外ですか」

と麻が幹次郎の知らぬことを訊いた。

「祇園社門前の花街から島原は南西におましてな、いささか離れてるけど、洛中どす」

その言葉に麻が頷いた。すると猩左衛門が幹次郎の反応を見て、

「この京の来し方を掻い摘んでお話ししまひょ。京はもともと、延暦《えんりゃく》十三年

（七九四）と言いますからおよそ千年も前に桓武《かんむ》天皇が築きはった都、平安京《へいあんきょう》やった。それが戦火や後継争いで見る影ものう荒れ果ててしまいましたんや。それでも京が続いてきたんは、天皇はんの御所、内裏《だいり》があったからどす。応仁《おうにん》の乱《らん》で荒廃した京の町が蘇《よみがえ》るきっかけは、乱の際に中断した祇園祭の復活どした。明《めい》応《おう》九年（一五〇〇）のことやから、そう、二百九十余年前のことやな」

幹次郎は江戸とは異なる歳月の長さに、京について考え直さざるを得なかった。

猩左衛門の話は続いていた。

「この祇園祭の復活には『町衆《ちょうしゅう》』が関わってるんや。町衆が貴族に代わって台頭してきましてな、京は新たな都として生まれ変わったんどす。戦国の御世《みよ》のことや、町衆は自分らが暮らす町《ちょう》に、『構《かまえ》』と呼ばれる囲《かこ》いを設けてな、京の町を守ったんや。この構をさらに堅固《けんご》にしはったんは秀吉《ひでよし》はんどした」

と言った猩左衛門は、しばし間を置いた。それは西国《さいごく》豊後に出自《しゅつじ》を持つ幹次郎にも分かるようにとの配慮だと思われた。

「太閤《たいこう》秀吉様が京の復興に関わりございますので」

「神守様、麻様、秀吉はんは京に『聚楽第《じゅらくだい》』なる城を築きはってな、その豪奢《ごうしゃ》ぶりは、『四方三千歩の石のついがき山のごとし、楼門《ろうもん》のかためは鉄《くろがね》のはしら銅《あかがね》の扉』やったそうな。この秀吉はんが次にしはったんは、東西南北に走る小路を整えはったことや。京は元々平安京以来、正方形に区画された町どす。そこへ京人が暮らす小路を走らせはった。この短冊形《たんざくがた》の町並みが京の特徴や。ほんなら、最前麻様が問い質しはった洛中と洛外やけど、秀吉はんはおよそ六里（約二十四キロ）の長さの御土居《おどい》を町に張り巡らしはって、御土居の中の洛中とその外の洛外とを分けはったんや。京を知るには十日では足りまへん。そやけどな、少しでも歩きはって町衆の京を知るんは大事なことどす。神守様、麻様のご要望の川向こうの祇園界隈を本日歩きはったらどうどすか。あまり決めんでよろしい、まずは気ままに歩いてみなはれ」

猩左衛門が説明を締《し》め括《くく》った。

「猩左衛門どの、われら、京のことをひとつとして知らずに大それたことを考えたようです。ですが、愚《おろ》かな考えであれ、もはやあとには引けません。主どのの忠言に従い、本日は鴨川を渡り、祇園社から京見物を始めます」

と幹次郎が応じた。

「それが宜しおす」

と応じた猩左衛門に幹次郎が、

「もうひとつ教えてほしいことがございます」

「なんでっしゃろ」

「京には大名《だいみょう》諸家の藩邸がございますね」

「ありますな」

「それはなんのためにでござろうか。武家方が商《あきな》いとも思えません」

「なんぞ気がかりがあるんどすか」

「それがしと麻が昨日、三条大橋に差しかかった折り、それがしの旧藩の家臣二《に》人《にん》に声をかけられました。ふたりが申されるには、京に藩邸を設けるために京に来たとのことでした。ですが、わが旧藩にはとても京に藩邸を設けるほど余力があるとは思えません、いささか訝しく思ったのです」

「ほう、西国の小藩が京藩邸な」

と応じた猩左衛門がしばし沈思した。

「徳川はんの御世になって政《まつりごと》の中心は江戸になりましたな。その江戸の政が幕府開闢《かいびゃく》以来、二百年を迎えるに当たり、おかしゅうなっておへんか」

首肯した幹次郎は、

「江戸で武家方は商人に首根っこを押さえられて、身動きがつきません。お触《ふ》れひとつでも商人衆の顔色を窺《うかが》いながら、布告されます」

「よう分かりまっせ。西国の薩摩《さつま》はんをはじめ、国持《くにもち》の外様《とざま》大名は、江戸のほうを向かんと、異国との抜《ぬ》け荷《に》商いに勤《いそ》しんではります。金儲《かねもう》けだけが異国との抜け荷商いの賜物《たまもの》やおへん。異国の政の仕組みや考え方が入ってきますんや。そんな西国の大名方の中で、もはや江戸の幕府では立ち行かんとお考えになる藩がな、この京に藩邸を設けてはります。天子《てんし》はんを頭に据えて、江戸に取って代わって政をしはるつもりやおへんか」

と幹次郎の表情を見た猩左衛門が理解したかどうか判断していた。

「安直《あんちょく》な言い方やけど、西国の雄藩《ゆうはん》は、次の時代に備えてますんや。新たなる公儀《こうぎ》に天子はんを担《かつ》ぎ出す考えやおへんか」

幹次郎は初めて聞く猩左衛門の大胆な考えに驚きを隠せなかった。江戸ではとても口にできないことだった。

「最前も申しましたが、わが旧藩は薩摩や福岡《ふくおか》と違い、石高《こくだか》の低い貧乏藩。次の公儀のために京に藩邸を設ける余裕があろうとはとても思えません」

しばし間を置いた猩左衛門が、

「神守様の疑念は当然のことやな。日にちをくれまへんか、調べてみまひょ」

と幹次郎の旧藩を承知のようで請け合った。

幹次郎は頭を下げて願った。

「まあ、最前も言ったけど、一日二日でどうこうなるもんやおへん。ぶらりぶらりと祇園界隈を散策しなはれ」

と言い残した猩左衛門が部屋を出ていった。

「幹どの、私どもの前には乗り越えねばならない難題がたくさんございますね」

「われら甘い考えで京に参ったか」

「致し方おへん、京見物に出かけまへんか」

と麻が覚えたての京言葉で応じた。

「いや、その前に京安着の知らせを柘榴の家《いえ》に宛てて認めようではないか。吉原会所に直《じか》に宛てて出すわけにもいくまい」

「さようでした。ならば私が姉上に文を認めます。幹どのは四郎兵衛様に書状をお願い申します」

旅籠の帳場から借りてきた筆と幹次郎の携帯する矢立《やた》てで、ふたりは四郎兵衛と汀女に宛てて文を認めた。

幹次郎は着流しに、伊勢亀の亡き先代より遺品として譲り受けた津田近江守助直を腰に一本差しにして白扇《はくせん》を前帯に挟んだ。一方麻は白絣《しろがすり》を涼《すず》しげに着込んだ形《なり》に日傘を差して旅籠たかせがわを出た。

高瀬川沿いに南に下るふたりの身にはらはらと桜の花びらが散ってきた。

「よい季節に京を訪ねました」

「夏の京は暑いと聞く、ただ今の気候はなんともよいな」

両人はいつしか先斗町《ぽんとちょう》に足を踏み入れていた。

「京の町並みは江戸とは違います、艶《つや》が感じられます」

と麻は先斗町の家並みに魅惑《みわく》されたようだった。

「われら、在所《ざいしょ》から出てきた田舎者じゃな」

幹次郎の言葉に麻が笑った。

昼前の先斗町だ。店は大半が未だ暖簾を掲げていなかった。四条橋《しじょうばし》の西詰に飛脚屋を見つけて江戸への便《たよ》りを願った。

ようやく安心したふたりは四条橋で鴨川を渡った。すると橋の東詰の左右には南座《みなみざ》をはじめ、いくつかの芝居小屋が看板を掲げていた。

「幹どの、江戸の芝居町より賑やかではございませんか」

麻は吉原を落籍されて幹次郎と汀女の柘榴の家に移り住んだあと、汀女と幾たびか二丁町《にちょうまち》の芝居小屋へ見物に行っていた。それに比べてみたのだろう。

幹次郎と麻は、「南の芝居」と京人に親しまれる芝居小屋の前にある高札場《こうさつば》に掲げられた説明文を読んだ。

「なんとこの四条河原《がわら》には三つの芝居小屋があるらしい」

「幹どの、ここに、芝居町が祇園社の門前に広がると芝居町と色街とがいっしょになり、元禄《げんろく》の御世が訪れたとあります」

麻も説明文の知識を口にした。

「うむ、われらが修業しようとする島原は新興の祇園新地《しんち》の発展で影が薄くなったようじゃな」

「四郎兵衛様は、そのことをご存じではなかったのでしょうか」

「いや、若き日、京に遊んだことのある四郎兵衛様じゃ、島原の隆盛はもちろん、その後の祇園新地の勃興《ぼっこう》に伴う、島原の没落《ぼつらく》を知らないはずはなかろう」

「ではどうしてそのことを幹どのに」

「告げなかったかというのか。それがしの考えでは、われらふたりの目で自ら確かめよと考えられたのではなかろうか」

「ならば祇園の花街を見物して、私どもの目を肥《こ》やしましょうか」

「いや、麻、その前にやはりこの界隈の鎮守様《ちんじゅ》である祇園社にお参りするのが先ではないか」

「いかにもさようでした」

ふたりは四条通と花見小路《はなみ》の角に建《た》つ茶屋を眺めながら、古代からの八坂郷《やさかごう》の守り神、素戔嗚尊《すさのおのみこと》を祀《まつ》ってきた祇園社の石段下に立った。

「京を訪れて初めて本殿にお参りする寺社でございますね」

昨日、粟田口を下りてきたとき禅林寺と知恩院の三門の前で拝礼したが、本堂には参じていなかった。

「麻、われら、京に花街の商いを学びに参ったのだ。この祇園社の門前町に芝居小屋と花街が賑わいを見せているとなれば、京で最初に参るべきはやはり祇園社であろうな」

はい、と答えた麻の手を引いて朱塗《しゅぬ》りの西楼門を潜った。

拝殿、本殿に参り、京での修業がうまくいきますようにと願った。

「麻、これで安心して見物に参ろうではないか」

「どちらに参られますか」

「祇園社の門前町へと戻るか、あるいはこの祇園社の裏に桜の老木があると案内の板書きで見た」

「この裏手にさような桜がございますか。桜は一時、祇園の花街は夜な夜な花を咲かせましょう。桜見物が先ではございませんか」

「よかろう」

とふたりは祇園社の東南の門から東山山麓《さんろく》にあるという祇園の枝垂《しだ》れ桜を見物に向かった。

疏水《そすい》の傍《そば》の坂道を登っていくと、いきなり枝垂れ桜が春の日差しを浴びて艶やかに咲き誇っていた。

「なんと見事な」

麻が感嘆したが、幹次郎もこれほどの枝垂れ桜を見たことがなかった。

説明書きを読むと樹齢六十年を超えた老桜《おいざくら》らしい。正式には、

「一重白彼岸《ひとえしろひがん》枝垂桜」

だそうな。

「幹どの、かような景色を姉上に見せとうございます」

「麻、気持ちは分かるが無理を言うでない」

幹次郎も麻も桜の季節、何十両も費やして仲之町《なかのちょう》に植えられる桜を思い出していた。だが、祇園社の桜の一本の迫力と美に圧倒されて、

「これが京と江戸の違いか」

と改めて思った。

その瞬間、幹次郎は久しぶりに殺気を孕《はら》んだ監視の眼を感じた。だが、麻にはそのことを告げなかった。

四

「幹どの、祇園社にお参りして祇園の枝垂れ桜を見物致しました。さて次はどちらに参りましょうか」

刻限は昼に近かった。

「麻、腹が空《す》いたか、どうだ」

「いえ、お腹《なか》は空いておりません」

「ならば少し、洛東《らくとう》の音羽山《おとわやま》山麓にあるという清水寺《きよみずでら》を訪ねてみぬか。清水寺からは京の都が一望できると聞いたことがある。われら、有名な清水の舞台から洛

中を見てみようではないか」

「あら、坂上田村麻呂《さかのうえのたむらまろ》様と所縁《ゆかり》の深い清水寺のことを麻は忘れておりました。この近くでございますか」

「さほど遠くはあるまい」

と幹次郎は懐《ふところ》から京絵図を出してその位置を調べ、

「遠くはないとみた、どうだ」

と麻に見せた。

「幹どの、麻の欠点を申し上げます」

「ほう、麻に欠点があった」

「ございますとも、それも無数に」

「なんだな、かような折りにさようなことを言い出すとは」

「私、絵地図を読むのが苦手でございます」

と麻が恥ずかしそうに漏《も》らした。

「なに、東海道をいっしょに旅してきたが、そのことに気づかなかった。麻は地図が読めぬか」

「幹どのを頼りに京へと上ってきましたゆえ、うちの欠点を幹次郎はんはお気づきではおへんどしたな」

と京言葉を真似て麻が言った。

「待て、名古屋《なごや》城下《じようか》近くの熱田神宮《あつたじんぐう》にお参りした折りに、そなた、一時ひとりになって境内《けいだい》で迷ったことがあったな」

「は、はい、あの折り、もはや幹どのにお会いできぬかと覚悟致しました」

「大仰《おおぎよう》な」

と応じた幹次郎はその折りの麻の引き攣《つ》った顔を思い出していた。

「そうか、覚えておこう。麻を京に独り残してそれがしだけが江戸に戻ったとしたら、姉様にも四郎兵衛様にもひどく叱られようでな」

「うち、幹どのから離れまへんえ」

と麻が幹次郎の袖《そで》を握った。

幹次郎が町中へと戻らず観音《かんのん》参りの古刹を次に訪ねようと考えたのは、監視の眼を考えてのことだった。

(なぜ京でわれらふたりに関心を持つ者がいるのか)

知っておきたいと誘い出すことにしたのだ。

絵地図を頼りに祇園社の南から高台寺《こうだいじ》を目指した。

寺と町屋が混在して落ち着いた一角には、京の野菜を大八車《だいはちぐるま》を小ぶりにしたような荷車に積んだ百姓衆や、頭に花を載せて売り歩く白川女《しらかわめ》がいて、なんとも長閑《のどか》だった。

「あら、この花は見たことがございません」

とか、

「瑞々《みずみず》しい野菜ですこと」

と麻はすべてに関心を示した。

「ご新造《しんぞ》はん、どちらからお見えになったんどすか」

花売りの女衆が麻に尋ねた。

「江戸から参りました」

「まあ、それは遠いとこから見えはりましたな、京はどうどす」

「昨日着いたばかりです。ゆえにまだ丸一日も滞在していませんが、すべて私には新鮮で感心することばかりです」

「それはなによりや。旦那はん、幸せ者どすな。きれいなご新造はんやおへんか」

と花売りが水仙《すいせん》を一輪麻に差し出した。

「おいくらですか」

「江戸の客人から花一輪のお代が取れますかいな」

と笑い顔で渡した。

「おおきに」

と麻が礼を述べた。

「京言葉も上手どす。これからどこ行かはりますの」

「清水寺に参ろうと思うのじゃが」

「ほんなら、この道を真っすぐに行きなはれ。清水さんの参道に出ますさかい」

と教えてくれた花売り女と別れて高台寺の山門を目指して進んだ。

「京の都は麻にしっくりときたようじゃな」

「江戸のはきはきしたところよりゆったりとした京言葉が好きです、いえ、好きどすえ」

「麻、京言葉を話すのならばちゃんとしたお師匠さんにつくのじゃな」

「麻の京言葉もどきは幹どのの前だけにします。京のお方には聞き苦しいでしょうから」

と麻も幹次郎の忠言を素直に受けた。

坂道を上がると、清水寺への参詣路のひとつ、紅殻格子《べんがらごうし》の町屋が連なる産寧坂《さんねいざか》から清水坂に出た。すると急に両側に店が立ち並び、見物人も大勢いた。

「幹どの、まるで浅草寺の仲見世《なかみせ》のように混雑しています」

ふたりは土産物《みやげもの》屋や清水寺参詣の旅人が泊まる宿が櫛比《しっぴ》する清水坂を見物しながら行くと、三代将軍徳川家光《いえみつ》によって再建された清水寺三重塔が見える首ふり地蔵の前に出た。

幹次郎は監視の眼から尾行者に変わった面々の気配が薄れたことを感じていた。

「清水さんは京の都でも格別なお寺さんなのでしょうね」

「麻、そなた、最前、坂上田村麻呂様と所縁の深い清水寺と言うたな。それがし、あの折り尋ねることをしなかったが、どのような所縁かな、教えてくれぬか」

「そのことでございますか。これもまた京から吉原にお出でになったお客人から聞いた耳学問です。今から千年以上前、坂上田村麻呂様が鹿狩りの帰りに音羽山を訪れ、僧に殺生《せっしょう》をたしなめられたことで帰依《きえ》なされ、音羽の滝に仏殿を寄進《きしん》し、観音像をお祀りになったそうです。これが清水寺と名づけられました。折りしも、平安京に遷都《せんと》した桓武天皇様は、陸奥国《むつのくに》で力をつける蝦夷《えみし》の討伐《とうばつ》を目指しておられましたそうな。その桓武天皇様に征夷大将軍《せいいたいしょうぐん》に任じられた田村麻呂様は、戦《いくさ》のたびに蝦夷を平らげて陸奥国に平穏をもたらされたそうです。その武《ぶ》功《こう》を観音様のご加護《かご》と感謝した田村麻呂様は、地蔵菩薩《ぼさつ》と毘沙門天《びしゃもんてん》を造り、清水寺にお祀りされました。ゆえに武将坂上田村麻呂様は清水寺と深い縁によって結ばれ、信仰を集めるようになったそうなのです」

「麻、清水寺には田村麻呂様の仏殿があるのだな」

「と聞きました」

「ならば本殿にて田村麻呂様にお参りしたのち、音羽の滝の見物に向かおうか」

幹次郎と麻は、清水寺本堂で東海道を無事歩き通したことを感謝し、これから一年の修業が恙《つつが》なく達成できることを願って合掌した。

人に押されながら清水の舞台に立ったふたりは、京に来て幾たび目だろう、言葉を失った。

しばし無言で桜の花が咲き誇る境内と京の家並みと西山を眺めた。

「これが有名な『清水の舞台から飛び降りる』の言葉の舞台か」

「洛南《らくなん》が桜の花の間から眺められます」

「なんとも見事というしか言葉が出てこぬ」

「人というもの、あまりに感動した折りには言葉は無用でございましょう」

「いかにもさよう」

どれほどふたりは、欅《けやき》の柱を立て、貫《ぬき》を張り渡すことで突き出された清水の舞台から京の都を眺めていたか。

「幹どの、音羽の滝はあれではございませんか」

麻が奥の院の下に見える滝を指した。

「どうやらそのようだ」

幹次郎と麻は清水の舞台から奥の院に参り、そのあとで音羽の滝へと回り込むことにした。

清水の舞台の混雑に比べ、こちらは参詣の人が少なかった。

幹次郎は朝廷《ちょうてい》に仕《つか》えていた武人坂上田村麻呂に、剣術の技を頼りに汀女と妻仇討の追っ手から逃れ得た幸運を語り、江戸の官許の遊里吉原会所の八代目頭取の地位に就《つ》くべきか否か、はたまたそのために刀を捨てるべきかどうか迷いの言葉を胸中で漏らした。だが、千年前の田村麻呂からなんの返事もなかった。合掌を解《と》いた幹次郎に麻が、

「長い間、手を合わせておられましたね」

と問うた。

「そなたに説明せずともただ今のそれがしの悩みは推察《すいさつ》がつこう」

「はい。旅籠の主猩左衛門様のお尋ね、島原で修業するために刀を捨てられるかとの問いを相談なされていたのではありませんか」

「いかにもさよう」

「ご返答はございましたか」

「いや、なかった。猩左衛門様の問いに答えるのは、それがし自身であろうと、おそらく田村麻呂様もお考えになったのではないか」

幹次郎の言葉に麻が頷き、しばし間を置いたあと、

「たかせがわの猩左衛門様は、幹どのの覚悟を問われたのでございましょう」

「江戸を発つ折り、覚悟はつけてきたつもりであったがのう」

「刀を捨てた神守幹次郎様は考えられませぬ」

「とは申せ、島原修業を、刀を差してはできまいな」

「幹どの、私どもは京に着いて未だ二日と経《た》っておりません」

「四郎兵衛様も京を見てから島原に入れ、と申された。島原も洛中とはいえ、祇園から離れているという。たしかに元吉原の基となったのは島原であったろう。じゃが庄司甚右衛門《しょうじじんえもん》様が公儀より『吉原移転五箇条』を条件に吉原の設置を許

されて二百年近くの歳月が経っておる。この歳月の間に江戸では元吉原から浅草寺裏の新吉原へと場所が移され、京では花街の筆頭《ひっとう》として君臨《くんりん》した島原は、どうやら祇園にその地位を奪われておるように思える。われら、時代に取り残された島原で修業をなすことがよきことかどうか」

幹次郎は麻に迷いを打ち明けた。

「四郎兵衛様は猩左衛門様の他に、島原のどなた様かに宛てた文を幹どのに渡されましたか」

「口利き状は旅籠たかせがわの主、猩左衛門様へのものと島原の角屋六左衛門《すみやろくざえもん》様に宛てたものの二通であった。二通目の口利き状も要らぬくらい四郎兵衛様と猩左衛門様の間には、文が交《か》わされておる形跡があったな」

「つまり京でのことはたかせがわの猩左衛門様にまず相談せよということではございませぬか」

「いかにもさよう」

麻が沈思した。

ふたりは音羽の滝を見物し、清水の舞台下の途《みち》をぶらぶらと歩きながら話していた。

「幹どの、私どもが京の町中に滞在することが許された十日間は始まったばかり、この間、幹どのも麻もなんの答えを出すこともなく、京を許されるかぎり歩いて見物して参りましょう。その後のことはその折りに決めればよいことではありませんか」

こんどは幹次郎が沈黙して考え込んだ。

「麻、いかにもそれがし、京に着いて己に答えを急《せ》かし過ぎておるかもしれぬ。そなたの申す通り無心に京のただ今を見て回ることに致そう」

「それがようございます」

と麻が笑みの顔で応じたとき、ふたりは清水の舞台から離れて人影もない途を下っていた。

その前方に待ち受ける者たちが四人いた。

幹次郎は羽織袴《はおりはかま》に深編笠《ふかあみがさ》を被《かぶ》った武家が岡藩御目付清水谷正依と認めた。残りの三人は浪々の剣術家であろうか。血を流す修羅場《しゅらば》を幾たびも経験してきただろう輩《やから》だった。風体からそんな危険な臭《にお》いが漂っていた。

「麻、それがしの後ろにいよ」

麻は無言で幹次郎の命に従い、背後の道を見て四人に他の仲間がいるかいないかを確かめた。すると初老の僧侶《そうりょ》と修行僧と思《おぼ》しきふたりが半丁（約五十五メートル）先から麻らのほうへと歩いてきていたが、足を不意に止めた。

「幹どの、お坊様がおふたり、仲間とは思えません」

「相分かった」

答えた幹次郎がゆっくりと間合《まあい》を詰め、

「豊後岡藩御目付清水谷正依様でしたな」

と深編笠で面体《めんてい》を隠した主に質した。

「ちぇっ」

と相手は舌打ちして正体を認めた。

「なんの真似でござるかな。それともおぬしらも清水寺参詣に参られるか」

「そのほうの行動、いささか疑義《ぎぎ》があってな、わが藩にとっては決してタメにならず」

「それでどうなさるお積もりでござろうか」

「岡城下には入れぬ。ゆえに京にて始末致す」

「これは驚きました。それがし、岡藩に復帰する気などさらさらござらぬ。吉原会所の務めが性《しょう》に合《お》うておりましてな」

「そのほう、その吉原会所から暇《ひま》を出された身じゃそうな」

「ほう、さすがに御目付どの、京にてさような話を耳になされたか。このこと、与謝野正右衛門様はご承知か」

「与謝野どのは世間の動きに疎《うと》い。ゆえに知らせてはおらぬ」

「おやめなされ。浪々の剣術家を頼りになさるとは岡藩抜刀流の腕が泣きましょうぞ」

「それがしの抜刀流は下郎《げろう》如きとの立ち合いには使わんでな」

「それはそれは」

問答は終わったとしたか、清水谷が三人の浪人剣術家に手を振って命じた。三人が刀を抜いた。野道の傍らは土手、一方には小川が流れていて、ふたりが並んで構える幅しかなく、ひとりは後詰《ごづめ》に回った。さらにその背後に清水谷正依が控えていた。

「麻、もう少し間を空けておれ」

と命じた幹次郎は津田近江守助直、刃渡り二尺三寸七、八分(約七十二センチ)を抜くと峰《みね》に返し、脇構えに置いた。

「おのれ、なめ腐《くさ》ったか」

と間合二間半（約四・五メートル）を左手の剣術家が一気に詰め寄ろうとして、それまで並んでいた仲間も従った。

幹次郎は八双《はっそう》の構えの一番手を引きつけておいて、助直が脇構えから相手の胴《どう》を抜くと骨が折れる鈍《にぶ》い音が野道に響き、一転した助直が続いて飛び込んできた二番手の肩口を叩いていた。こちらも鎖骨《さこつ》が折れる音がした。

三番手はしばし迷った。

「見ての通り仲間ふたりは使い物になるまい。そなた、どうなさるな」

幹次郎の問いかけに刀を振りかぶった三人目は、野道の下を流れる小川を飛び越えると田圃《たんぼ》を走って逃げ出した。

「なかなか利口なお方かな。で、清水谷正依、そなたはどうするな」

「おのれ、下士《かし》風情が」

と蔑《さげす》みの言葉を発した清水谷が深編笠の紐《ひも》を解《ほど》くと笠を流れに捨て、羽織を脱いだ。

「このまま退《さ》がられぬか。繰り返すがそれがし、豊後岡藩に復帰する考えなど毛頭ござらぬ」

「言うな」

と応じた清水谷が腰を落として抜き打ちの構えを取った。

「そなたが岡藩御流儀のひとつ抜刀流なれば、それがしも加賀国湯涌谷《かがのくにゆわくだに》の住人戸《と》田眼志斎《だがんしさい》様創始の眼志流居合《いあい》にて立ち合おう」

と幹次郎は抜いていた津田近江守助直をいったん鞘《さや》に戻した。

間合は二間（約三・六メートル）あった。

幹次郎がするすると一間（約一・八メートル）ほど詰めた。

その動きは清水谷を驚かせたようで、口の中で罵《ののし》り声が発された。

もはや互いが一歩ずつ踏み込み、刃を抜き合ったとき、事は決する。

「参られよ」

と幹次郎が誘いをかけた。

どこからともなくはらはらと桜の花びらが散ってきてふたりの対決者の間に舞い落ちた。

その瞬間、清水谷正依が踏み込みながら刃を抜き打った。

その動きを見て幹次郎も腰の一剣の柄《つか》を摑んだ。だが、身は不動のままにその場で迎え打った。

清水谷は幹次郎が踏み込んでくると考えていたか、そのため刃が空《くう》を切った。

次の瞬間、間合を詰めた幹次郎の助直が光になって清水谷の胴を抜き打っていた。

うっ

と漏らした清水谷が前のめりに野道に崩れ落ちた。

「眼志流浪返《なみがえ》し桜舞い」

との言葉が幹次郎の口から漏れ、血振りをした助直を鞘に納めると、

「麻、参ろうか」

「この方々は」

「死にはせぬ、加減したでな」

幹次郎が答えたとき、声がかかった。

「おふた方、この野道が清水寺寺領《じりょう》と承知しとるんか」

振り向くと、戦いの一部始終を見ていたか老僧と青坊主のふたりがいた。

「御坊《ごぼう》、寺領を血に汚したことをお詫《わ》び申す。やむにやまれぬ経緯《いきさつ》で」

と言いかけた幹次郎を制して、

「およその問答は耳に入ったで、経緯は承知や。愚僧《ぐそう》、あんたはんを責めておるんとちゃう。この一件であんたはんらに面倒が及ぶようなれば、清水寺の羽毛田《はけた》

亮禅《りょうぜん》に連絡《つなぎ》をつけなはれ。怪我人《けがにん》はうちで手当てするさかい、おふたりはこの場を早々に去りなはれ」

と名乗った老僧に深々と頭を下げた幹次郎は麻の手を取り、野道を清水坂へ下っていった。

第二章　出会い

一

主の神守幹次郎と加門麻が柘榴の家から姿を消してひと月が過ぎた。

江戸にも桜の季節が訪れ、花見の名所はこのところ好天気が続いていることもあって大勢の花見客でごったがえしていた。

柘榴の家では、汀女とおあきに、家つきの猫の黒介《くろすけ》と仔犬の地蔵《じぞう》がふたりの不在を守っていた。

最初にこの界隈に流れた風聞は、神守幹次郎は柘榴の家で謹慎閉門、加門麻は実家に戻ったというものだった。幹次郎と麻のふたりの気配は前後して掻き消え、

「おい、吉原会所の裏同心は旧藩豊後岡藩への復帰話に乗ってよ、国許《くにもと》に話し合

いに行ったんじゃないか」

「今さら西国の貧乏小藩に戻ったからといって、なんぞうまい話があるのか。禄《ろく》高《だか》と身分が上がったら上がったでよ、昔の上役たちの嫉《そね》みを買って居心地が悪いぜ。でえいち花の吉原で好き放題に腕を振るっていたんだ、今さら西国の城下に戻ってなにをするよ」

「そりゃ、武家奉公だ」

「武家奉公だと、大名諸侯《しょこう》はどこも禄高の半分しかもらえねえ半知借上《はんちかりあ》げだ。よしんば四百石を約定されても半分の二百石だぜ。在所のことだ、暮らしは立たねえことはねえだろうが、吉原で裏同心をしていたときの、面白みはなかろう」

「ああ、ねえな。だが、武家奉公なんてそんなもんだ」

「ともかく一年の謹慎は始まったばかりだ」

と湯屋や床屋で言い合う吉原通がいた。もっとも吉原通といっても、引手《ひきて》茶屋に上がるどころか小見世《こみせ》（総半籬《そうはんまがき》）にも登楼せず廓内をふらつくだけの素見連《ひやかしれん》だ。

「裏同心の話よりよ、北国の傾城で全盛を誇った薄墨太夫が直参旗本の屋敷に戻ったというがよ、こちらも真なら決して気楽な暮らしはしていないぜ」

「吉原にもやってはならないことは無数にある。その第一が吉原を無断で抜けることだ。だがよ、薄墨太夫は札差の筆頭行司だった伊勢亀の隠居の死に際《ぎわ》に落籍をしてもらったんだ。死人がよ、全盛の花魁を身請けするなんて尋常ではあるまい。その後見《こうけん》を託《たく》されたのが神守の旦那だ。身請けされた薄墨太夫は本名に戻って、なんと神守様と汀女先生の柘榴の家に離れ家を造って、敷地の中に住み始めたってな」

「由公《よしこう》、そんなことは江戸じゅうが承知の話だ。今さら新しい話じゃねえや」

「ところがな、梅公《うめこう》、薄墨が柘榴の家から出ていったという話にはウラがあるというぜ」

「なんだい、ウラというのはよ」

「神守様の謹慎一年の間、密かにふたりして柘榴の家を出て、どこぞで時を過ごしているという噂がここんとこ流れているんだよ」

「どういうことだ」

「その辺りがはっきりしねえ」

「それじゃただの噂じゃねえか」

「そこだ」

柘榴の家のある寺町を歩きながら声高《こわだか》に話をするのは職人風の男たちだ。

「どうやら柘榴の家にふたりしていねえことはたしかなんだよ」

とひとりが通り過ぎようとして柘榴の家の門を見た。

謹慎とはいえ、武家方の謹慎ではない、格別に竹矢来《たけやらい》が組まれていることもない。ただ門はしっかりと内側から門《かんぬき》が掛かって勝手に出入りはできないようになっていた。

「どうしてそう言えるよ」

「食いもんを前ほど買わないとよ。これは柘榴の家に出入りの棒手振《ぼてふ》りの話だ。ただいまは女ふたりの食い分だけだとよ」

ふーん、とひとりが鼻で返事をして、

「汀女先生によ、直に尋ねてみようか」

「尋ねてどうするんだ」

「そりゃ、ふたりしていないとなると駆け落ちだな。古女房から薄墨に乗り換えたってわけだ」

「そんなことを汀女先生に訊けるわけもあるまい」

「でも、吉原会所が神守幹次郎の旦那抜きでやれるかどうか。ここんとこ神守様なしでは吉原会所はにっちもさっちもいかなかったぜ」

「そいつはたしかだ。吉原会所もそんな神守の旦那を一年も謹慎させてどうしようってんだ」

とふたりが柘榴の家の閉じられた門の隙間から中を覗《のぞ》こうとして地蔵の吠え声に脅《おど》され、

「なんだよ、わん公が留守番しているぜ」

と言いながら通り過ぎていった。

そんな声が柘榴の家の玄関に聞こえてきた。

「あれこれと噂が飛びますね」

おあきが汀女を見送りに出てきて言った。

「世間様の申されることを一々気にしていては生きていけません」

「ですよね、うちのお父《とっ》つぁんたら仲間から尋ねられるらしく、門の外から私の名を呼ぶんです。だから、うちの旦那様は謹慎中、だれも門内には足を踏み入れさせませんと厳しく断わっています」

「おあきさん、私はまず吉原に参り、本日は山口巴屋《やまぐちともえや》の二階で手習い塾を催《もよお》しますす。そのあと、四郎兵衛様にお会いします。なにもなければその足で浅草並木町の料理茶屋に出ます」

分かりました、と頷いたおあきに見送られた汀女は表門には回らず浅草田圃に接した裏門から外に出た。

寺町の往来より浅草田圃の道を抜けて五十間道《ごじっけんみち》に出るほうが幾分近く、なにより顔見知りに会う機会も少なかった。

汀女が大門《おおもん》を潜ろうとしたとき、南町奉行所隠密廻《おんみつまわ》り同心の村崎季光《むらさきとしみつ》が仁王立《におうだ》ちして汀女を待ち受けていた。本日山口巴屋の二階で手習い塾が開かれることを承知の体《てい》だ。

「村崎様、ご機嫌麗《うるわ》しいご尊顔《そんがん》、なによりでございます」

「汀女先生、そのようなことより旦那はどうしておるな」

「ご存じのように謹慎閉門の身にございます」

「あやつが大人しくしておるというか。妙な噂が飛んでおるぞ」

「妙な噂とはなんでございましょう」

「おお、それよ。そなたの亭主と薄墨、いや、加門麻がふたりして手に手を取り合って道行《みちゆき》をなしたという話じゃ」

汀女の眼差しが村崎同心をとらえ、呆《あき》れたという表情で睨《にら》んだ。

「違うのか」

「村崎様、そなた様も吉原の面番所《めんばんしょ》勤めが長いお方、幹どのと私が妻仇討の咎《とが》にて十年も諸国を逃げ回った経緯を承知でございましょう」

「おお、知らいでか」

「いえ、ご存じない」

「なぜ決めつけるな」

「さような旅では一夜とて屋根の下に安心して眠った覚えはございません。そのことを幹どのは身に染みて承知です。その幹どのが義妹《いもうと》の麻を連れてまた上州《じょうしゅう》野州《やしゅう》と道行ですか。さようなことは夢にも考えられません」

と決然と言い切った汀女が、

「手習い塾に遅れますゆえ失礼致します」

と村崎同心の傍らを抜けて、引手茶屋の山口巴屋の暖簾を潜り姿を消した。

「おかしい」

と呟く村崎同心に番方の仙右衛門が、

「村崎の旦那よ、おまえ様に武士の情けってものはねえんですかい。汀女先生があんな話を聞かされて喜ぶとでも思いましたか」

うむ、と振り返って仙右衛門の険《けわ》しい顔を見た村崎が、

「噂話を質しただけだが悪いか」

「おお、大いに悪いですな。汀女先生の胸の内をちらりとでも考えてみたんですか。神守の旦那は、あれだけ身を粉《こ》にして働いた吉原会所からの一年の謹慎を素直に受け止めなさった。おまえ様、それが信用できねえというんですか」

「番方、なにもわしは汀女先生を苛《いじ》めたわけではないぞ。噂を確かめただけだ」

「南町奉行所隠密廻り同心さんよ、噂がどれほど真実とかけ離れているか、承知していねえんですか」

「そ、そりゃ、分かる。だがな、万が一ってこともあるでな」

「ほう、万が一ってなんだえ、おまえ様とは長い付き合いだ。大抵《たいてい》のことはおまえ様の言葉を素直に聞いてよ、おまえ様のために働いてきたぜ。だがな、あんまり阿呆気《あほうげ》なことを抜かすと、おれにも考えがあるぜ、一寸の虫にも五分《ぶ》の魂《たましい》といわねえか。吉原会所はこれまで南町に肩入れしてきたが、さようなこっちゃ、来月の月番から北町奉行所のために動くからな」

「番方、さような大仰な話ではなかろう。わ、悪かった、わしが汀女先生に確かめたのは間違いであった。許せ、それでいいか」

村崎同心が頭の中であれこれと考えを巡らしたあと、詫びた。

「村崎の旦那が苦しい折り、どれだけ神守様が助けなさったんですよ。今度の一件で神守様は苦しい立場に追い込まれました。となれば、旦那の役目は、信頼して黙って見守ることじゃないですかえ」

「ま、全くその通りじゃ。ほれ、この通りじゃ」

番方の血相を変えた言い方に村崎同心は頭を下げた。そして、頭を上げたとき、もはや番方の仙右衛門の姿はなかった。

「あやつ、えらい剣幕《けんまく》であったな。それにしても神守幹次郎がなぜ一年も謹慎せねばならぬのか、さっぱり分からぬ。そうだ、桑平市松《くわひらいちまつ》ならば承知かもしれぬな、あやつに問うてみるか」

と村崎が番方に叱られたことを忘れて同輩に確かめてみようかと思いついた。


汀女が手習い塾を終え、引手茶屋山口巴屋から隠し扉を経て吉原会所の四郎兵衛の座敷に通ったのは九つ半（午後一時）の刻限だった。

「ご苦労でしたな」

四郎兵衛が汀女を労《ねぎら》った。

「近ごろでは三浦屋の桜季《さくらぎ》さんが雑事を手伝ってくれますゆえ、大変助かっております。高尾《たかお》太夫の教え宜しきを得て、桜季さんは変わりました」

「いいえ、桜季が改心したとすれば、いちばんの功労者は高尾太夫の他におられましょう」

と四郎兵衛が言った。

そのことに汀女はただ頷き、

「もはや京に着いておりましょう」

と応じた。

謹慎中の身の神守幹次郎が京で修業することを承知なのは、吉原でも四郎兵衛、三浦屋の四郎左衛門《しろうざえもん》など限られた者たちだ。

「汀女先生、熱田神宮のある宮宿《みやじゆく》の飛脚屋から届いた文が最後でございましたな。となれば、おふたりはすでに京に安着しておられましょう」

と四郎兵衛が言った。

幹次郎と麻の文は差出人の名を変えて柘榴の家に届けられるようになっていた。

その文を吉原会所に届けたのは汀女、名古屋城下近くの宮宿から京までゆっくりと旅しても六日もあれば京の三条大橋を渡るはずだと、汀女に教えたのは四郎兵衛だ。

「となれば、今ごろは京を見物しておりましょうか」

「汀女先生、ただの物見遊山ではございませんでな」

と四郎兵衛が言った。

「あれ、幹どのと麻のふたりに長旅の疲れを癒《いや》すために京の町中に十日ほど逗留するように申されたのではございませんので」

「まあ、そう言いました。ですがな、あのおふた方がただの物見遊山に京に滞在しておるとは思えません。京安着を知らせる文の次に来る神守様の知らせが楽しみにございますよ」

四郎兵衛が汀女には理解できない言葉を吐いた。

「四郎兵衛様、あのふたりは吉原の基になった島原で修業する手はずではございませんので」

「いかにも元吉原、新吉原の手本となったのは島原にございます。ですがな、ただ今の島原はもはやこの吉原の改革の手本とはなりますまい」

四郎兵衛が汀女を驚かす言葉を告げた。

「と申されますと、幹どのと麻をなぜ島原修業として送り出されました」

汀女が四郎兵衛に質した。

すると四郎兵衛が数冊の書物を取り出して、

「島原の廓に関して認《したた》められた書物のどれを読みましても、洛中とは申せ、地の利悪く、新興の花街に後《おく》れを取っておるとございます」

と汀女に言った。

「四郎兵衛様はすでに島原が凋落《ちょうらく》したことを承知で幹どのと麻に島原修業を命じられましたか」

「はい」

「なぜでございましょう」

汀女は疑いを四郎兵衛にぶつけた。

「吉原の基となった島原は洛中にはございますがな、京の中心から遠うございます。この新吉原のようにな。とは申せ、遊里の栄華《えいが》凋落は足の不便ばかりではございますまい。なにが島原を衰《おとろ》えさせ、祇園が京の人ばかりか旅人までを誘引《ゆういん》するようになったか、神守様と加門麻様には自らの考えと眼で確かめてもらいたいと考えました。

ゆえにただ今栄えている祇園だけではのうて、島原を見なされと命じました」

「四郎兵衛様は、ふたりがなにに気づくか試《ため》しておられるのでございますか」

「汀女先生、あのご両人はこの四郎兵衛が見込んだ方々です。ただ今の島原と祇園とを見て、おふたりは自らの修業の場を決められましょう。

この浅草の吉原とて、いったん地震や大火事があれば、たちまち凋落致します。ただ今の京の都で見るべきものを見てこられるのが神守様と麻様の務めです、お分かりいただけましょうか」

汀女はしばらく沈思したあと、

「相分かりましてございます」

「ふたりには、向後百年の吉原のためになるべきことを江戸に持ち帰ってほしゅうございます。他人に言われたからといって、そこだけを見てくるようでは、神守様の謹慎が意味を持つことにはなりませんでな」

「はい」

「汀女先生、案じなさいますな」

と四郎兵衛が笑顔を見せた。

お腹がいよいよ大きくなった玉藻《たまも》が姿を見せた。

「桜季さんが汀女先生の履物を会所へと移してくれました。よう気がつく振袖新《ふりそでしん》造《ぞう》におなりですね」

玉藻の言葉に頷くと、

「桜季が自ら考えるように仕向けたのは神守様と加門麻様です。そのふたりが京を学ばずに帰ってくるはずはございますまい」

四郎兵衛がさらに汀女に言った。

「お父つぁん、なんの話なの」

玉藻が四郎兵衛と汀女を見た。

「桜季さんも己の立場に気づくまで歳月が要りました。京のふたりも四郎兵衛様が課された真の使命を知るまでには月日がかかりましょう」

汀女の言葉に四郎兵衛が首を横に振った。

「温故知新、この言葉を胸に秘めて、京行きを望まれたのは神守様自身です。必ずや私が望んだ以上のものをおふたりは持ち帰ってくれましょう」

四郎兵衛が最後に言い切った。

吉原会所には番方の仙右衛門が独りいた。

「最前は有難うございました」

汀女が言うと、うむ、と考えた仙右衛門が、

「村崎同心のことですかえ。あの御仁、妙に好奇心が強うございましてな、厄介ごとを引き起こします。釘《くぎ》を刺しておいただけですよ」

と苦笑いした。

「人柄は悪いお方ではございません」

「それだけに厄介なのでございますよ。あるいは村崎同心も、とあるお方がいないのが寂しいのかもしれませんな」

「あの方は女衆にも男衆にも好かれる妙な人柄でございます」

幹次郎のことを汀女はそう表現した。

「それは悩ましいことでございますな」

「さような時節はとうの昔に過ぎました」

と笑った汀女が桜季の移してくれた下駄を履いて、

「遠助《とおすけ》、暑い時節が参りますよ、気をつけなされ」

と老犬に言葉を残して会所を出ていった。

二

祇園社の門前町に戻りかけた幹次郎と麻は建仁寺《けんにんじ》の境内に咲き誇る桜を眺めていた。清水寺近くの野道で豊後岡藩の御目付清水谷正依らに待ち伏せされて襲われた騒ぎを忘れるためだ。

この建仁寺は中国から日本に茶をもたらした栄西《えいさい》が建仁二年（一二〇二）に開山した京都初めての禅寺《ぜんでら》であり、室町《むろまち》以降は京五山の三番目の寺として栄えていた。

建仁寺の境内に茶店があった。

毛氈《もうせん》を敷いた縁台《えんだい》に腰を下ろした麻の勧めで抹茶を頼んだ。気持ちを鎮《しず》めるためだ。

「幹どの、この騒ぎ、あとを引きましょうか」

麻の問いに首を横に振り、分からぬ、と呟いた。

「京の事情を知らぬで、騒ぎが表沙汰《おもてざた》になるかどうかも分からぬ。偶《たま》さか騒ぎに立ち会ってくれた老師《ろうし》次第かのう」

「清水寺の羽毛田亮禅様と申されましたな」

「清水谷どのの傷は生き死にに関わるものではあるまい。だが、旧藩に新たな恨《うら》みを買ったことはたしか」

と言った幹次郎は、

(やはり刀は捨てられぬさだめにある)

と思った。

「麻、四郎兵衛様の命やたかせがわの主猩左衛門様との約定《やくじょう》を守り、京見物を続けようではないか」

幹次郎は麻に提案した。

「ならば朝方にいた祇園界隈を詳《くわ》しく見とうございます」

ふたりは抹茶と甘味《かんみ》を喫《きつ》して気分を平静に戻すと、建仁寺の境内を出て四条通に向かった。建仁寺を出ると門前と祇園町が接していた。すでに花街の一角とみえて、紅殻壁に黒板格子、犬ふせぎが江戸では見かけられない粋《いき》な佇まいを見せていた。

刻限は昼下がりだ。

四条通に出た麻が東側を見て、

「幹どの、祇園社の赤い楼門が見えます」

「祇園社から清水寺に回り、また祇園社門前に戻ってきたことになるな。さて、どうしたものか」

ふたりは偶然にも四条通に面した茶屋一力《いちりき》の表口前に立っていた。ちなみに浄瑠璃《じょうるり》「仮名手本忠臣蔵《かなでほんちゅうしんぐら》」の大星由良之助《おおぼしゆらのすけ》が遊興する茶屋が一力だ。元々の名は万屋《よろずや》だ。

「幹どの、東国の江戸者の私、こうして京にいますとつくづくと在所者に見えます」

と麻が慨嘆《がいたん》した。

「天子様がお住まいの都が築かれてからの歳月が江戸とは違うでな。政《まつりごと》の江戸は参勤《さんきん》の武家方が多いゆえ、武骨《ぶこつ》に見えても致し方あるまい」

「京の町並みもさようですが、女衆が江戸より生き生きとして華やかに見えます。なにやら話に聞く異国にでも参ったような気分です」

と麻はさらに嘆《たん》じた。

そのとき、一力茶屋の暖簾が分けられて旦那衆が姿を見せた。昼間、一力で寄合でも催していたのか。

幹次郎と麻は旦那衆を避《よ》けて傍らに身を退《ひ》いた。

そんな旦那衆のひとりが麻に目を留めて、
うむ
と漏らし、小首を傾《かし》げた。

麻も、はっ、とした表情を見せたのを幹次郎は見逃さなかった。

「もしや」

と相手が遠慮げに素顔に近い薄化粧の麻に声をかけた。

「三井越後屋の大番頭《おおばんとう》さん、与左衛門《よざえもん》様ではございませんか」

「いかにも与左衛門どす」

と答えた相手が、

「江戸からの噂には、札差筆頭行司の伊勢亀の先代がお亡くなりになったのを機会にそなたを落籍したと聞いております。どうやら噂は真だったようですね」

と江戸言葉に変えて問い、麻が頷き、

「ただ今では加門麻の名に戻りました」

と答えていた。

ふたりだけでの小声のやり取りだ。

三井の一族でもある与左衛門は麻から離れて控える神守幹次郎を気にしながら、

「そなた、京見物にございますか」

と問うた。

しばし間を置いて考えた麻が、

「与左衛門様、麻の後見人にして義兄《あに》の神守幹次郎にございます」

とまず幹次郎を紹介した。

幹次郎は三井与左衛門をはじめ、旦那衆に会釈して、

「神守幹次郎にございます」

と自らも名乗った。

「たしかそなた様が伊勢亀の隠居の遺志を受けて、薄墨花魁を三浦屋から落籍させたご当人でしたな」

「いかにもさようです。まさか京にてかような話を聞かされようとは努々《ゆめゆめ》考えもしませんでした」

幹次郎は正直な思いを告げた。

「江戸の噂は人の口を通じてひと月もせぬうちに京に伝わりますでな」

と与左衛門が言い、

「私ども、祇園界隈の旦那衆と一力亭にて寄合が終わったところです、なんぞおふた方をお手伝いできることがございますかな」

三井与左衛門は幹次郎たちが京は初めてとみたか、そう言葉をかけ、

「お心遣《こころづか》い有難うございます」

と麻が答えた。

「それとも迷惑ですかな」

与左衛門が幹次郎と麻を交互に見ながら質した。

「与左衛門様、われら、京にいるのはわずか一年と限られておりますが、見習い修業に参りました。このことを承知なのは吉原会所の七代目頭取の四郎兵衛様、妓楼《ぎろう》三浦屋の四郎左衛門様、当代の伊勢亀の主様くらいと限られております。そのことをお含みおき願えませんでしょうか」

幹次郎は覚悟を決めて京訪問の曰くを告げ、吉原でもこのことを知る者が少ないことを告げた。そして、昨日、旅籠たかせがわの湯で三井の隠居の楽翁に会ったことは口にしなかった。三井は大店《おおだな》だ。京と江戸の店では互いにすべてを承知とは思えなかったからだ。

「ほう、吉原会所の陰の人物と、全盛を極めた花魁を退《しりぞ》かれた加門麻様が京に

見習いな。どのようなことを見習い修業なさると申されますか」

三井与左衛門が関心を持ったか、さらに質した。

「江戸吉原の基になった京の花街のただ今を知りたくて参りました」

「ほう、京の花街で江戸の吉原のおふたりが見習い修業でござりますか。それは四郎兵衛様の発案にございますかな」

「いえ、それがしが願いました」

「ほう、陰の人物が、しかもお侍さんがさようなことを願われましたか」

「江戸では公儀の政《まつりごと》が行き詰まっております。吉原もご時世《じせい》に合わせて変わる要があるかと存じまして四郎兵衛様にお願い申しました」

それまで沈黙して話を聞いていた旦那衆のひとりが、

「江戸の、それもお侍はんがさようなことを考えはったんか。吉原会所の頭取がようも許しはったな」

「むろんそれがし如き陰の者の意に反対するお方もおられます。ゆえに限られた人々の暗黙の了解裡《り》に京に参らせていただきました」

「吉原の陰の人は腕利きやと聞いてましたけど、なかなか大胆にして緻密《ちみつ》な考えのお方どすな」

と応じた別の旦那衆が話に加わった。

三井与左衛門を加えて四人の旦那衆が幹次郎の話に関心を寄せたのは、やはり江戸吉原の盛衰《せいすい》を気にかけているからであろう。

「それがし、十年の流浪《るろう》の旅の果てに吉原会所に拾われた者です。向後吉原がどこまで続くか存じませんが、なんぞ手助けできることはしとうございます」

「あんさん、どちらにお泊まりや」

と別の旦那衆が尋ねた。

「四郎兵衛様の口利きで高瀬川一之船入近くの旅籠たかせがわに世話になっております」

「たかせがわの猩左衛門はんに四郎兵衛はんが口利きしたちゅうことは、やはり吉原会所の頭取の考えやおへんか」

旦那衆のひとりが言い、三井与左衛門も頷いた。

幹次郎が推量した通り、たかせがわの猩左衛門は一介の旅籠の主ではなさそうだった。

「で、これからどないしはりますんや」

「まず京に少しでも慣れよと、十日にかぎり勝手に歩きなされと四郎兵衛様からも猩左衛門様からも命じられております。ゆえに本日祇園社のお参りから始めて清水寺に参り、建仁寺からこの祇園へと戻ってきたところです」

「ほんで、うちらと一力の前で会《お》うたというんは、三井はん、縁とちゃいますか。京も常に変わっていくことで千年の都を守ってきたんどす。東国のお方がこうして祇園に来はったんや、なんぞ手伝いができるんとちゃいますか」

旦那衆のひとりの提案に、三井与左衛門が沈思したのち、

「神守様と麻様には、吉原会所の七代目とたかせがわの猩左衛門はんが京の相談役についてはります。うちらの出番があるかどうか、おふたりがさよう考えはったとき、この一力に来はりませんか。この次のうちらの寄合は五日後どす。その折り、相談がおますなら話を聞かせてもらいまひょ」

と言い、幹次郎と麻は、旦那衆に深々と頭を下げた。

半刻《はんとき》（一時間）後、幹次郎と麻は甘味屋に入り、麻は葛切《くずき》りを頼み、幹次郎は煎茶を喫していた。

「麻、京到着二日目にしてあれこれと事が起こったな。江戸を離れて京に参れば知り合いもおるまいと思うたが、それがしの前には旧藩の者が立ち塞《ふさ》がり、旅籠

の風呂では三井の御隠居楽翁様とお会いし、麻は麻で江戸で知り合いの三井の大番頭どのと一力の前でばったりと会《お》うた。なんとも目まぐるしい一日であったわ」

「幹どの、私どもはかようなさだめにあるのではございませんか」

「考えてみれば吉原自体が京島原の花街を模したもの、江戸吉原の頂点を極めていた麻を知るお方が京にいても不思議はあるまい。われらが祇園を避けては役目が果たせぬということじゃ。まあ、よきことも悪《あ》しきことも経験してみようか、せいぜい京の暮らしを楽しみながらな」

幹次郎の言葉を吟味《ぎんみ》していた麻が、はい、と頷いた。

昼下がり八つ半（午後三時）、ふたりは白川沿いの町屋の中にある掛け軸、書、焼き物などを扱う店を覗いて回った。なんとも楽しい時間だった。

「麻、そろそろ鴨川を渡って旅籠に戻ろうか」

「幹どの、本日は甘味や茶は喫しましたが、昼餉《ひるげ》は食しませんでした。明日はどこぞで昼餉をいただきとうございます」

「よかろう」

と答えた幹次郎は、

「旅をしているときより余計に歩いたのではないか。京は坂道もあれば石段もある。疲れはせぬか」

「東海道を上ってきたことが麻の足慣らしになりました。見物するところがたくさんあって疲れなど感じません」

「三条大橋で鴨川を越えて旅籠に戻ろうか」

「明日はどちらに参られますか」

「全く考えてない。麻は参りたきところがあるか」

「京は着道楽の都です。友禅《ゆうぜん》を扱う呉服屋さんや染物屋さんも見物しとうございますが、私どもの住まいが定まればいやでも呉服屋さんや染物屋さんとは知り合いになりましょう。麻の育ちを幹どのに説明する要はございませんね。直参旗本の暮らしから吉原と、女が辿《たど》る道としてはいささか風変わりな経験をして参りました。できることならば、京の女衆が買い物される市場《いちば》のようなところを見とうございます」

「ほう、市場な、面白かろう。旅籠の猩左衛門様に相談してみようか」

三条大橋から高瀬川沿いの小路を通り、木屋町一之船入前の旅籠たかせがわに戻ってきた。

「お帰りやす。京見物はどないどした」

女衆が出迎えてくれた。

「本日は祇園社界隈を見物して参りました。どこも目新しくて大変楽しゅうございました」

と麻が喜びの顔で応じた。

「それは宜しおした。ささっ、部屋に上がってひと休みしなはれ」

女衆に案内されてふたりは鴨川を眺める座敷に戻った。

お茶の仕度《したく》をしながら女衆が、

「うちの旦那はんがお待ちどすえ」

「なんぞござろうか」

「いや、珍しいことどす。うちの旦那はん、お客はん方がえろう気にかかるんちゃいますやろか。自分の身内のように心配してはります」

「われら、江戸の田舎者ゆえな、主どのは案じられたか。心遣いかたじけのうござる」

と幹次郎は恐縮した。

女衆と代わるように猩左衛門が姿を見せた。

「どないどした、祇園さんは」

「主どの、半日であれこれとございました」

「ええことやろか、悪しきことやろか」

「両方です」

と前置きした幹次郎は、旅籠を出て飛脚屋を訪ねたあとの半日の道筋を語り聞かせた。

猩左衛門は最初こそ、

「ほうほう」

と聞いていたが、途中から黙り込んで幹次郎と麻の言葉に耳を傾けた。

話が終わったとき、

「主どの、われらの行いに不快を感じられましたかな、それなればお詫びせねばなりますまい」

と幹次郎が沈思して聞いていた猩左衛門に語調を変えて言った。

ふうっ
とひとつ息を吐いた猩左衛門が、

「神守幹次郎様と加門麻様の行く手には風雲が待ち構えておますな。京の町は江戸に比べて狭《せも》おす。そやけど、たった半日でそんな騒ぎや出会いを重ねはるお方は滅多《めった》にいはりまへん。魂消《たまげ》ましたわ」

「やはりご不快でございましたか」

「愉快とか不快とか、さようなことではおへん。おふたりの話に何人も、うちが承知のお方の名が挙がりましたさかいにな」

「やはり一力でお会いした三井与左衛門様をご存じでございましたか」

「三井はんの他の旦那衆は名乗らはりまへんどしたか。そやけどな、なんとのう、お顔が浮かびまっせ。あの旦那衆は祇園の花街に滅法《めっぽう》詳しいお方ばかりや、おふたりが知り合いになられたんはよい縁どした」

「では五日後に一力を訪ねることを主どのはお勧めなされますか」

「むろんのことどす」

と言い切った猩左衛門が、

「うちが驚いたんは三井はんのほうやおへん、斬《き》り合いのほうや」

「えっ、旦那様は斬り合った相手の侍をご存じですか」

麻が驚きの声を上げた。

「麻、そうではあるまい。あの場を偶さか通りかかり斬り合いを見られた羽毛田亮禅老師のことを申されておられるのではないか」

幹次郎の言葉に頷いた猩左衛門が、

「法相宗《ほっそうしゅう》の音羽山清水寺の亮禅老師にお目にかかるんは京の方でもそう容易《たやす》いことやおへん。その老師が斬り合いを見て、この一件でなにか事が生じるようやったら清水寺の亮禅に連絡《つなぎ》をつけよと言わはったと。神守様には、生涯刃傷《にんじょう》がつきまといはるんや。そやけど、あんたはんの生き方をしっかりと見届けるお方が必ずや近くにいはる、これは人徳《じんとく》としか言いようがおへん。昨日、うちが余計なことを言いましたな、京の花街で見習い修業すんのに、刀は要らんと言うたことどす。神守様は生涯剣術遣《づか》いやし、刀は手放せませんわ、これは困りました」

と首を捻《ひね》った猩左衛門が、

「二、三日考えさせておくんなはれ」

と幹次郎に願った。

「で、明日はどないしはるんどすか」

「猩左衛門様、明日は私の願いで市場見物を致します」

「麻様、それは剣呑《けんのん》やのうて宜しおすな。毎日刃傷沙汰はあきまへん。のんびり京の町を見ておくれやす」

「そう致します」

と幹次郎が旅籠の主に誓った。

猩左衛門が部屋から消えたあと、

「それがし、京にまで刃傷沙汰を引きずってきたとしたら、主どのが申されるような人徳などないに等しい。どうしたものか」

「幹どの、さだめです」

「さだめを避ける方策はなきや」

「避けることができないゆえさだめです」

ふうっ
と幹次郎が息を吐いた。

「明日は市場見物です」

「刀は要らぬか」

「さあて、どう致しましょう」

と麻が幹次郎に笑いかけ、幹次郎はやはり三井の隠居楽翁は京の越後屋呉服店の大番頭には内緒で京を訪問していたかと、胸中で考えていた。

三

翌日、幹次郎と麻のふたりは、河原町《かわらまち》通を渡り寺の続く通りに入った。旅籠たかせがわの女衆に教えられた界隈から二日目になる京見物を始めた。するといきなり歴史の舞台、本能寺《ほんのうじ》の門前に出た。

「麻、本能寺じゃぞ」

幹次郎が驚きの声で懐の絵地図を出して広げようとした。

「まさか織田信長《おだのぶなが》様が明智光秀《あけちみつひで》様ご一統に不意を突かれ、お亡くなりになった本能寺の変の寺ではございますまい」

「同じ名の寺が他に京にあるというか」

山門の前で戸惑いを感じたふたりであったが、境内にお参りに来た土地の住人と思しき年寄りに、

「つかぬことをお伺い致すが、この本能寺は織田信長様所縁の本能寺でござろうか」

と幹次郎が尋ねた。

「東国からお見えにならはったんやな。いかにも信長様所縁の、法華宗本門流《ほっけしゅうほんもんりゅう》本能寺どす」

と教えてくれた。さらに応永《おうえい》二十二年（一四一五）に日隆《にちりゅう》が五条坊門《ごじょうぼうもん》に創建した折りは、本応寺と称したとか、寺名を変えたあと、天正《てんしょう》十年（一五八二）に本能寺の変で焼失し、十年後にこの地に移って再建されたことなどを説明してくれた。そして、最後に、

「境内に信長はんの供養塔《くようとう》もおます」

と教えてくれた。

「ご教示有難うござる。われらもお参りさせてもろうてようござろうか」

「京の寺に遠慮はいらしまへん。お参りしておくれやす」

年寄りの言葉にふたりは悲劇の武将の供養塔と本堂にお参りして、寺町の往来に戻った。

「幹どの、本日もいきなり信長様所縁の本能寺のお参りに始まりました。なんとのう穏やかな日になるとは思われません」

「麻、騒ぎは昨日で充分じゃ。本日は平穏な日でありますようにと信長公に祈願して参った」

「はて、悲劇の武将にお頼みして御利益《ごりやく》があるとも思えません」

と麻が応じて、

「幹どのと一緒ならば麻はなんの心配もありませんが」

と言った。

「いや、本日は静かな京見物の日和《ひより》である。安心致せ」

「信長様と幹どのが二百余年の歳月を経て出会《でお》うたのです。安穏なはずがございません」

と麻が反論したとき、

「朝掘りの筍」

との引き札が見えて、杉の葉が敷き詰められた竹籠《たけかご》に掘りたての筍が美しく飾られている店の前に差しかかった。

「幹どの、京の筍です」

「昨日の夕餉にも和《あ》え物で頂戴したな」

「こちらは生の筍です」

「江戸が近いならば抱えて帰りたいものじゃな。きっと姉様が喜ぼう」

「姉上ならばこの筍を上手に料理してくれましょう。そうです、料理茶屋山口巴屋のお客様の口にも合いましょう」

とふたりが言い合うところに、

「お客はん、この地で京の筍を仰山《ぎょうさん》召し上がっとくれやす。残念ながら筍は江戸にはお持ち帰りにはなれしまへん」

問答を耳にした店の男衆が笑いながら告げて、さらに尋ねた。

「お客はん方、どちらにお泊まりどすか」

「一之船入傍のたかせがわに泊まっております」

「たかせがわはんには、うちが筍も松茸《まつたけ》も納めてまっせ。昨日の夕餉の筍はうちのもんどすわ」

と客筋のことは分かっているという風に言った。

「幹どの、筍は旬のものですね。こちらは筍しか扱っておられません。他の季節はお休みでございましょうか」

と小声で尋ねた。すると男衆が、

「ご新造はん、うちは筍の季節が終わったら、茄子《なす》を扱います。秋になると松茸で、端境《はざかい》は千枚漬《せんまいづ》けを売りますんや」

と教えてくれた。

麻を幹次郎の女房と誤解したようだが、麻は格別に間違いを正す気にならなかった。旅の間じゅう、そのような間違いが繰り返されてきたからだ。

「筍、茄子、松茸、千枚漬けですか。江戸には、かように筍や松茸だけを扱う店はございましょうか」

「おへんな。いや、江戸だけではのうて、京にしか旬の筍、松茸だけを扱う店はおへん、それもうちの他に一、二軒しかあらしまへんな」

幹次郎が筍の二本入った竹籠の値を尋ねると、なんと銀相場《ぎんそうば》で一分《ぶ》に近い値段が返ってきた。

「京のお方は旬の味には金に糸目を付けられませんか」

幹次郎が思わず独白した。

「旦那《だん》はん、筍もピンからキリまでどす。この先の錦《にしき》小路を訪ねなはれ。筍の育つ竹林の違いでな、ふだん食いの筍を売っておます」

男衆の言葉に、

「いや、見事な筍でござった。目の保養になり申した。礼を申す」

と幹次郎が礼を述べ、存分に筍を目で賞味して別れを告げた。

「幹どの、京の台所が錦小路の市場だそうです。なんでも千年も前の延暦年間

(七八二〜八〇六)に具足《ぐそく》小路に生まれた市場だそうで、それが後冷泉《ごれいぜい》帝の御世に錦小路と呼ぶようになったそうです」

「麻、なかなか詳しいではないか」

「旅籠の女衆に教えてもらったのです」

「市場のことならば女衆が詳しかろう」

幹次郎が最前広げようとした絵地図を確かめた。

「たかせがわでは、魚はどこどこ、野菜はどこどこと決まった店や売り子さんから買われるそうです」

「筍は最前の店であったな、京の都は奥が深い」

「幹どの、私ども、京に参ってまだ三日目です」

「いかにもいかにも」

幹次郎はふとある看板が目に入った。そこには、

「創業明暦《めいれき》元年　刀研《と》ぎ諸々刃物手入れ致し枡《ます》」

とあった。

明暦元年(一六五五)ならば、当代で五代目、いや、六代目の研ぎ師だと幹次郎は判断した。

「麻、錦小路を訪ねるのは少しあとでもよいか」

「なんぞ思いつかれましたか」

「いや、昨日の騒ぎで助直を汚してしまった。あの研ぎ屋で手入れをしてくれるかどうか尋ねてみたい」

麻は夕餉のあと、刃の血のりを気にしていた幹次郎を思い出した。

「市場は逃げしまへん、旦那はん」

と麻が京言葉を真似て言った。

「ならば訪ねてみようか」

幹次郎がつかつかと歩み寄り、親方と思しき壮年《そうねん》の男と若い職人のふたりが魚屋の使う刃物の研ぎをなす作業場の敷居《しきい》を、

「御免」

と言いながら跨《また》いだ。

ふたりが顔を上げて、女連れの幹次郎を見た。

「こちらでは刀の手入れをなしていただけるかな」

幹次郎の言葉を吟味していた親方が、

「近ごろ刀の研ぎはしてまへんけど、どの程度の手入れどすか」

と問い返した。

「昨日調べたが、刃こぼれしておらぬと見た。親方どの、見てもらえるか」

幹次郎は帯から下《さ》げ緒《お》を解き、五畿内摂津津田近江守助直を親方に渡した。

「拝見しまひょ」

親方が座り直して受け取り、鐺《こじり》を幹次郎と麻から反対のほうに向けた。そして、そろりと刃渡り二尺三寸七、八分の助直を抜いた。切っ先から物打ちをじっくりと見た親方が、

「たしかに刃こぼれはおへんな。斬り合いをしはったんは昨日どすな」

と幹次郎に質した。

「いかにも昨日のことであった」

「新刀ながら津田近江守助直と見ました」

「なかなかの鑑識眼《かんしきがん》じゃな」

「お侍様の腕前も尋常ではおへんな、相手はおひとりどしたか」

「ふたりは峰に返して軽く叩いた。三人目と刃を交えたが互いに居合であったゆえに、刃同士は斬り結んでおらぬ」

幹次郎の答えに親方が頷いた。

「この助直、一日お預かりして宜しおすか。そんなら血のりはきれいに洗いにかけ、仕上研ぎをしたあと拭《ぬぐ》いをさしてもらいます」

幹次郎は一瞬どうしようかと迷った。ひと晩預けることをだ。脇差《わきざし》だけで京の町を歩くことを気にしたのだ。すると親方が察して、

「御腰に脇差だけではあきまへんな。この助直には敵《かな》いまへんが、曾爺様《ひいじいさま》の代に集めた刀がおます。その中からお侍はんが選んだもんをお貸ししまひょ」

「助かる」

と幹次郎は答えていた。

親方は助直を鞘に納めて、その場に置くと奥に消えた。しばらくして二本の刀を持参した。

両方ともに黒漆塗《くろうるしぬり》の打刀《うちがたな》だが、一口の刃渡りは助直とほぼいっしょと見た。もう一口は一寸（約三センチ）ほど長いと思われた。ということは二尺四寸（約七十三センチ）余の業物《わざもの》だ。

「拝見致す」

幹次郎は短い一口を手に取った。

柄巻《つかまき》も下げ緒も鮫皮《さめがわ》に茶糸巻だ。

手で柄に触れた。しばし掌《てのひら》で柄巻の具合を探っていたが、その場に置いた。

そしてもう一口の業物を手に取ると最前と同じように柄を両手で握り、しばし瞑《めい》目《もく》して柄の具合を確かめた。両目を見開いた幹次郎が上《あ》がり框《がまち》から立ち上がり、

「麻、それがしから離れておれ」

と命じて腰に業物を差した。

麻が控えた研ぎ場の土間の反対側に寄った幹次郎が、

「拝見致す」

と親方に許しを乞《こ》うて両足を広げ、腰を落とした。

研ぎ場の一角を睨んだ幹次郎は左手で鯉口《こいぐち》を切り、ぶらりと下げられていた右手が腹前を走ると一気に柄を摑んで抜いた。

一見緩《ゆる》やかな動きに親方らには見えた。

だが、研ぎ場に光が弧《こ》を描いて走り、虚空《こくう》の一点に、
ぴたり
と止められた。

初めての刀を抜くのにどこにも遅滞《ちたい》がなかった。渓流《けいりゅう》を水が流れるような素早さであった。

しばしその構えを取っていた幹次郎が眼前に刃を近づけて確かめ、

「もしや肥後《ひご》同田貫《どうだぬき》上野介《こうずけのすけ》ではござらぬか」

と親方に尋ねた。

「いかにもそないどす。うちの自慢の一剣をあっさりと抜き放たれたお侍はんを初めて見ましたわ。居合はどちらで習わはったんか」

「加賀国に伝わる眼志流をいささか修行し申した」

「どうぞお持ちになっとくれやす」

親方が感に堪《た》えた顔で言った。

「われら、高瀬川一之船入前の旅籠たかせがわに厄介になっておる。それがし、神守幹次郎と申す。一日とはいえ、それがしの腰に同田貫があるとは光栄至極、京に参り至福を得た」

「いえ、うちはお侍はんの業前《わざまえ》に仰天《ぎょうてん》しましたわ。このご時世、かような技量のお侍はんがいはるとは、信じられまへん。助直は必ず明日までに手入れします」

と応じた親方が、

「なんで一口目の刀はあきまへんか」

と尋ねた。

「親方、拵《こしら》えは似ておるが刀鍛冶《かたなかじ》の心構えが伝わってこんでな」

ふっふっふふ
と笑った親方が、

「その通り、こっちはなまくら刀や。うちはこの研ぎ屋の六代目寺町屋藤五郎《てらまちやとうごろう》どす」

と最後に名乗って笑った。


錦小路の市場を麻は堪能《たんのう》した。

魚を中心にした市場から始まったというが、麻も幹次郎も初めて見る京野菜が多彩《たさい》にあり、揚げ物や豆腐なども売られていた。市場体験のほとんどない麻は見るものすべてに、

「これはなんでございましょう」

とか、

「かような魚は見たことがありません」

と幹次郎に話しかけ、店の女衆が、

「東国のお方には珍しいんやろなあ。京はご覧の通り山に囲まれて海はおへん。けど都の北側は海に接してるさかい、そっから魚が人の手で運ばれてきます、ご新造はん」

と世間慣れしていない麻にあれこれと教えてくれた。そんな錦小路から四条通を西に向かうと祇園祭の山鉾巡行の山鉾町を見て回った。

ふと気づくともはや昼の刻限を過ぎていた。

「幹どの、京の時の流れはゆったりとしているようで、江戸より早いのではありませんか。いつの間にか昼を過ぎております」

「京の町は珍しい商いやら神社仏閣が多いでな、いつの間にか時が過ぎておる。われら、ただ今公儀の京屋敷である二条城《にじょうじょう》近くにいるはずだ。この界隈で昼餉を食して二条城を見物していかぬか」

「よいお考えでございます」

と応じた麻が、

「錦小路ではお店のお方にあれこれと揚げ物を頂戴致しました。さほどお腹は空いていません。幹どのはどうですか」

「それがしとて麻以上に食したでな、昨日同様にお薄《うす》に甘味でも口にできればそれでよい」

「うちもそうどす」

と麻が喜んだ。

「京のお茶も甘味も美味しゅうございます」

「それがしも京に参り、抹茶の風味を知り、甘味の美味を教えられた」

「ほんに幹どのがかように甘味好きとは思いまへんどした」

と麻が応じたところに渋《しぶ》い格子窓《こうしまど》に暖簾が掛かり、肥前長崎《ひぜんながさき》名物カステイラと書かれた甘味処《どころ》が目についた。

「京にて、肥前長崎の食べ物が商いされております」

「京は江戸より西国が近いでな、長崎の品も入ってくるのであろう。豊後におるとき、異国との交易が許された長崎では異人の衣服、食い物があれこれと売られていると聞いたことがある」

「幹どのと姉上は長崎を承知でしたか」

「われら、追っ手から逃れて西国から赤間関《あかまがせき》にて長州《ちょうしゅう》に渡ったでな、長崎は全く知らぬ。麻がよければ入ってみようか」

「なんでも試してみとうございます」

ふたりが暖簾を潜って店に入ってみると、小さな中庭に接して縁台がいくつか置かれてあった。そして、土地の人たちはいささか香りの違う茶を喫していた。

幹次郎は最前刀研ぎの親方藤五郎から借り受けた同田貫を腰から外すと、縁台に腰を下ろした。よく見ると客は女衆ばかりで幹次郎がひとりだけ男であった。

「江戸ではかような店に男は入り難《にく》かろう。じゃが、旅の恥はかき捨てと申すようになんとのう入ってしまった。京の魅力であろうか」

と幹次郎は言い訳した。

「お客人、京の男衆も刻限によっては異国の茶や甘味を喫しに来はりますえ。うちは丹波《たんば》の黒豆《くろまめ》を使《つこ》うたぜんざいが売りもんどすねん」

「暖簾のところに肥前名物とあったが」

「カステイラどすな。先代が長崎に修業に行ったんで、うちでも作らせてもろてます」

「ならばカステイラなるものと丹波黒豆のぜんざいを頂戴してみようか。それがしは抹茶を所望致す。麻はなにを喫するな」

「皆さんが飲んでおられます茶を喫してみとうございます」

「おお、ご新造はん、よう気づかはりましたなあ。紅茶といってな、緑茶と違《ちご》て、茶葉を発酵《はっこう》させたもんどす。風味と香りがちゃいます、ぜひ試しておくれやす」

幹次郎がカステイラと抹茶、麻が焼餅《やきもち》を入れた丹波の黒豆のぜんざいと紅茶を頼んで、初めての甘味と茶を体験することにした。

四

幹次郎と麻は、甘味処での休息の後、二条城に回った。

この二条城は徳川家康《いえやす》が関ケ原《せきがはら》の戦いに勝利したあと、慶長《けいちょう》八年（一六〇三）に征夷大将軍の宣下《せんげ》を受けるにあたり、参内《さんだい》の宿舎として造営したものだ。そののちも普請《ふしん》を重ね、京の内裏との「付き合い」の場として利用されてきた。

とはいえ幹次郎は二条城に格別関心を持ったわけではない。麻を伴い、人の気配が少ない二条城の周りを散策していると、いつしか京都所《しょ》司代《しだい》の門前に出ていた。

所司代は京における徳川幕府の最重要出先機関だ。

江戸中期、その職掌《しょくしょう》は、

「朝廷の守護および監察《かんさつ》、公家《くげ》・門跡《もんぜき》の監察、京都町奉行・奈良《なら》奉行・伏見奉行

の統括《とうかつ》、五畿内・丹波・近江・播磨《はりま》八ヵ国の訴訟《そしょう》処理、二条城門番之頭・二条鉄砲奉行・二条城御殿預《ごてんあずかり》の支配」

などが主たるものであった。

朝廷の守護および監察を円滑に行うための所司代職は幕閣の中でも老中《ろうじゅう》に次《つ》ぐ要職であった。譜代《ふだい》大名にして大坂城代、寺社奉行、奏者番《そうじゃばん》を務めた中から所司代に昇進させた。この所司代の定員は一名であった。

神守幹次郎と加門麻が所司代屋敷門前を通りかかった折りの当代は、遠江掛川《とおとうみかけがわ》藩五万余石藩主太田備中守資愛《おおたびっちゅうのかみすけよし》であった。だが、かようなことをふたりが知る由《よし》もない。

「こちらはなんとなく、江戸の御武家様の御役所のようにいかめしゅうございますね」

と麻が小声で幹次郎に訴え、

「所司代屋敷であるな。京に置かれる江戸幕府の御役所の中ではいちばん重きものだ。ゆえに武張っておるのであろう。なにしろ朝廷の動きを見張る機関でな、いかめしくならざるを得まい」

と小声で徳川幕府の幕僚と配下の武士が屋敷の主である旨を伝えた。

門番が立ち止まったふたりを見て六尺棒を振って、

「行け行け」

という風に無言裡に命じた。

すると御門内から乗物が姿を見せた。御番衆の数からいい、所司代の重役かと幹次郎は推量しながら、

「参ろうか、麻」

と所司代屋敷の面した丸太町《まるたまち》通の向こう側へと身を移した。すると不意に乗物が門前で停まり、中から声がかかったか、従者のひとりが幹次郎らを見た。

(厄介でなければよいが)

幹次郎は思った。

従者が丸太町通を渡ってきて麻の前に立った。

「そのほう、江戸の女子か」

「いかにも、江戸の住人にございます」

「殿がお呼びである」

「殿様と申されますと」

「さような問いはよい、参れ」

麻が幹次郎を見た。

「それがしも従《したご》うてようござるか」

と従者を見ると、

「そのほうはこれにて待て」

と幹次郎に命じた。

「致し方あるまい」

幹次郎はしぶしぶ従者の言葉に従うことになった。

麻は胸を張り、ゆったりとした歩みで丸太町通を戻り、門前に停まった乗物の前で慣れた所作で片膝《かたひざ》をついた。一応所司代に関わりのある乗物の主に敬意を表したのだ。

一方、幹次郎はひょっとしたら所司代自身ではないかと推量を変えた。乗物の主が陸尺《ろくしやく》を含めて従者らすべてを遠ざけた。主は従者に話を聞かれることを避けたようで、麻と乗物の主のふたりだけの問答が始まった。

相手の身分が分かったか、麻が一瞬驚きの表情を見せた。だが、そのあとはいつもの平静な麻に戻って受け答えをしていた。

所司代屋敷門前の話だ。さほど長い時はかからず麻が一揖《いちゆう》して幹次郎のほうへと戻ってきた。その表情からは、問答の中身がよきことか悪しきことか窺えなかった。

幹次郎は乗物の一行が西に向かうのを見送りながら、

「所司代どのであったか」

と一行に向かって一礼する麻に尋ねた。

「幹どのは太田の殿様をご存じでございますか」

「それがし、吉原会所の陰の者じゃぞ、存じ上げぬ」

「遠江掛川藩のお殿様でございました。振袖新造のころから太田の殿様は麻のことを座敷に呼んで可愛がってくださいました。ただいまは所司代様に御出世だそうです」

と言った。

所司代を無事に勤め上げれば老中職に出世する者が多いことくらい、幹次郎とて知っていた。

「そなたを乗物の中から一目で、ようもお分かりになられたな」

「太田の殿様はもはや五十路《いそじ》を超えておられましょう。されど若年寄《わかどしより》のころより目はよいと自慢の殿様にございました。ただいまもその話が出ましてございます」

と微笑んだ。

「顔見知りゆえ声をかけられたのかな」

はい、と返答をした麻が、

「昨年、江戸に御用でお帰りになった折り、私が伊勢亀の先代に落籍された話を聞かされたそうです。ゆえに麻が京にいたとしても不思議とは思わなかったそうでございます。それに」

と麻が言葉を途中で止めた。

「幹どののこともご存じでございました。『あの者が吉原会所の裏同心か』とお尋ねでございました」

「驚きいった次第かな」

幹次郎の正直な気持ちだった。

「麻と幹どののふたり連れは『尋常ではない組み合わせよのう』と太田の殿様が申されておりました」

「懐《なつ》かしさに麻に声をかけられたか」

「それだけではございますまい。『京は御用か、それとも私《わたくし》ごとか』と尋ねられました」

「どう答えたな」

「太田の殿様なれば正直にお答えしたほうがよいかと存じましたゆえ、吉原会所の七代目の命と答えました。拙《まず》うございましたか」

しばし間を置いて考えた幹次郎が、

「いや、それでよい。所司代どのが江戸のことを調べようと思えばさほど難しいことではあるまい。となれば次なる書状で四郎兵衛様に一報しておいたほうがよかろう」

首肯した麻が、

「お殿様が最後に『京において、なんぞ面倒があれば予《よ》に相談に来よ』と申されました」

「それがしは別にして、麻、そなたの出自は隠しようもないからのう」

今度は麻が沈黙した。

「幹どの、花魁と呼ばれようとなんと呼ばれようと麻は吉原の遊女にございました」

「麻、さような意で申したのではない」

「分かっております。されど事実は事実です。幹どのはそのことを承知で京への旅に誘ってくださいました」

「迷惑であったか」

「言葉にするのも愚か、なんとも至福の時を過ごしております。寛容《かんよう》なる姉上にどのように感謝してもし足りませぬ」

「われらにかような旅を許してくれた方々に礼を申せるのは向後百年の吉原の礎《いしずえ》を新たにこの京で学び直し、江戸に伝えたのちであろう」

はい、と麻が返答をした。

「この京でも多くの人びとの助けを借りることになりそうじゃな。路上ではあるが、ちと麻に相談がある」

「どのようなことでございますか」

麻が訝しそうに幹次郎を見た。

「四郎兵衛様は京の町中にて十日ほどを過ごし、京がどのようなところかおよそ分かったあと、修業先の島原を訪ねよと命じられたな、旅籠の主の猩左衛門どのも同じことを申された。四郎兵衛様が文に認めてこられたゆえであろうがのう」

「いかにもさようでございました」

「どうだ、いささか性急《せいきゆう》ではあるが明日にも島原を訪ねてみぬか。それがし、祇園で学ぶことになろうと島原で修業することになろうと、一日でも早くわれらの気持ちを定めておきたいのだ。そのためには京の町中に逗留しながら島原のただいまを見ておきたいのだ。一年は長いようで短い。麻、ちと唐突《とうとつ》かのう」

麻がふたたび沈思した。長い沈黙になり、

「幹どのは一日でも早く祇園か島原か、修業の場を決めておきたいのですか」

と念押しした。

「決めておきたいというより、京に慣れる前に島原も知っておきたいのだ。この気持ち、麻には理解ができぬか」

「いえ、幹どのの気持ちは麻にも分かります。それで、旅籠の猩左衛門様にはお話しなさった上で島原に参られますか」

「京の盛り場よりいささか離れておると聞いたが、洛中であることには違いはなかろう。四郎兵衛様の持たせてくだされた口利き状もござるし、旅籠の主どのにお話せば、なんとのう島原のどなたかを紹介してくれるような気が致す、それでは島原修業が半《なか》ば決まってしまう。のちに知れるにしても、京見物の折りに偶々《たまたま》島原を訪ねたことにしておきたい」

「ようございます。京の中心をこうして漫歩《まんぽ》しておりますと、なにやら京見物に来たような気持ちになります。また幹どのは旧藩のお方に出会い、麻も昔の吉原での知り合いにお会い致しました。偶には遠出するのもようございましょう」

と麻が幹次郎の申し出を承知してくれた。

ふたりは丸太町通を東に向かい、麩屋町《ふやちょう》通から御池《おいけ》通に戻って寺町通に入り、今朝訪ねた本能寺を横目に高瀬川沿いの木屋町通に戻ってきた。

すると旅籠の女衆が、

「お帰りやす。今日はどないどした」

と京見物の成果を尋ねてくれた。

「京は奥深《おくぶこ》うございますね。筍だけで商いをなすお店は江戸にはございません。京の旬野菜や魚を見ているだけで楽しゅうございました」

「麻様は京の召し物や飾り扇には目がいかはりまへんか」

「未だその余裕はございません。残された日々は少のうございますが、京は最前申しました通り奥が深くて、いったん甘味処に入っただけで半刻はお邪魔致します」

との麻の答えに女衆が満足げに笑った。

「ああ、文が江戸から届いてますえ。あとでお部屋に旦那はんがお持ちしますさかい」

「おおきに」

「麻様、京言葉に慣れはりましたわ」

女衆の言葉に送られて中庭を見ながら座敷に通った。するとふたりが落ち着くのを窺っていた様子で猩左衛門が一通の書状を手に姿を見せた。

「四郎兵衛様からの文どす」

と幹次郎に渡してくれた。

江戸から多くの飛脚の手を経て届けられたにしては真新しい書状であった。書状は油紙《あぶらがみ》で二重に包まれており、表書きはたかせがわの主の猩左衛門に宛てたものであったろう、と幹次郎は推測した。

「うちに宛てた便りゆえ先に披かせてもらいましたわ。吉原は格別面倒ないさかい、京のふたりにはゆったり過ごすようにと言葉が添えてありました」

「有難うござる」

と同封してあった書状を手にした幹次郎に猩左衛門が、

「本日はまさか騒ぎはおへんやろ」

と尋ねた。

「昨日のような騒ぎはございません。されど丸太町にて、麻は江戸での知り合いに呼び止められました」

「百何十里も離れた京で知り合いに会うやなんて、さすがに加門麻様どすな」

どなたと会ったかと興味津々の顔で麻を見た。

「廓で奉公しておる折りに可愛がっていただきましたお方が、なんと所司代様におなりでございました。遠江掛川藩のお殿様でございます」

「なんと所司代様に会わはったんか。さすがは花の吉原で全盛を極めた麻様や、喜んでええお話どしたか」

「太田の殿様は京にて面倒が起こるようなれば、所司代屋敷に訪ねてこよ、相談に乗ろうと親切にも申されました」

「ただいまの所司代様は、たしか御職に転じて三年にならはりまへんか」

「そう申されました。されど昨年御用で江戸に呼び戻されたゆえ、私の近況を承知でございました」

「ただいまの所司代様の悪い噂は耳にしたことがおへん。心強いお味方とお会いになりはりましたな」

と猩左衛門は素直に喜んだ。

「おふたりは京に来はって、たった数日でっしゃろ。せやけど、祇園の旦那衆、清水寺の老師様、それに所司代の太田様と京の者《もん》でもそう容易く知り合いになられへんお方に声をかけられはった。四郎兵衛はんがおふたりに吉原の向後を託する京行きを命じはったはずどす」

と猩左衛門が得心した顔で言い、

「明日はどないしはるんや」

と尋ねた。

「仁和寺《にんなじ》辺りから渡月橋《とげつきょう》に出て嵐山《あらしやま》の桜を愛《め》でようかと麻と話し合《お》うてきました。日帰りできましょうな」

「朝早くお出になれば大丈夫、見物できまっせ。嵐山を見物しはってな、麻様の足次第では駕籠《かご》に乗ってうちまでお帰りにならはったら宜しい。東国のお方やとみて法外な乗り賃を請求する駕籠舁《か》きがおりますさかい、途中で下りんと、うちまで駕籠を命じなはれ」

と言った猩左衛門が階下の帳場へと下りていった。

幹次郎は手にした書状を披いた。予測した通り、中には四郎兵衛と汀女の文が同封されていた。

幹次郎は汀女の文を麻に渡した。

「私が先ですか」

「われらは身内、どちらが文を先に読もうとも構うことはあるまい」

頷いた麻が汀女の文の表書き、

「神守幹次郎殿

加門　麻様」

と認められた名をとくと眺めて封を披いた。それを確かめた幹次郎は四郎兵衛の書状を披いた。

「神守幹次郎様

京に無事安着のことと拝察致し候。ただ今は京のあちらこちらを見物しておられる最中《さなか》かと存じ候。吉原は不気味なほど平穏なれど、商いは今ひとつかと存じ候。ご時世がら贅沢はならじとの触れありしゆえ、致し方なきことかと思い候。

また、神守幹次郎様についてだれも口にせず、このことは反対に神守様の処遇を巡って名主のだれもが下手《へた》に動いてはならじと考えてのことかと愚考《ぐこう》致し候。むろん三浦屋の四郎左衛門様とはわれら話し合わずとも互いの真意は承知候ゆえ、他の名主方の無言を静かに見守り候。

かような折りは先に動いたほうが負けが世の理なれば、『謹慎』の神守様の名を私のほうから出すことはなし、ひたすら時が来るのを待ち受け致し候。

神守様、麻様、そちら様も一日二日を焦《あせ》ることなく京の花街にあれこれと接し、次なる道へと進まれることを江戸吉原で祈願致し候。

吉原会所七代目頭取四郎兵衛」

とあった。

「幹どの、柘榴の家は謹慎中の主を抱え、静かな暮らしが続いておるそうにございます」

と麻が汀女の文を差し出し、幹次郎は四郎兵衛の書状と交換した。

ふたりが二通の文を読み終わったあと、

「嵐の前の静けさが吉原を覆っておるかのう」

「私どもが江戸に密かに戻るまでかような平穏が続くとは思いません」

「いかにもさよう。もしも一年ほど平穏が続くようなれば、神守幹次郎と加門麻の京修業は要らざる所業ということになろう」

「その折りはその折り、姉上と三人して吉原を離れて暮らせば宜しきことではございませぬか」

「それもひとつの途かのう」

と幹次郎は応じながら、

（さようなことは決してあり得ぬ）

と考えていた。

第三章　島原一夜

一

　翌朝、いつもより早い刻限の六つ半（午前七時）に木屋町の旅籠たかせがわに駕籠を呼んだ。大徳寺《だいとくじ》から金閣寺《きんかくじ》と通称される北山鹿苑寺《ほくざんろくおんじ》、竜安寺《りようあんじ》、仁和寺付近の寺参りをするのなら、

「女子はんの御足ではなかなかの道のりや。乗物を呼びまひょか」

　との猩左衛門の言葉に幹次郎が賛意を示したのだ。そのあと、嵐山から島原へと回ることを考えれば、そうすべきと考えたのだ。ただし猩左衛門の口調では、

「嵐山に参らはるなら一日仕事どすな」

　と島原などに立ち寄るのはとても無理と言っていた。むろん幹次郎と麻の本日

の目的が島原にあるなどとは猩左衛門は夢想《むそう》だにしていなかった。

「猩左衛門どの、本日見どころが数多《あまた》ありそうじゃ、もし遅くなりそうならば嵐山に一泊致すでな、案じなさるな」

と幹次郎は主に言い残して旅籠を出てきた。そして、寺町屋藤五郎に宛てた文を旅籠の男衆に預けて、事情を猩左衛門に告げた。

「なんと刀の手入れを寺町の藤五郎親方に願わはったんか。名人は名人を知るやな、分かりましたえ。一日二日、刀の返却が遅くなると文の他に言い添えさせまひょ」

と事情を知った旅籠の主が言ってふたりを見送った。

麻を乗せ木屋町から北へと上がった駕籠は、幹次郎の足の運びを見て速度を速めた。

「旦那はん、早足どすな」

と先棒が幹次郎に言った。

「江戸から東海道を上ってきたゆえ足には自信がある。もそっと速くても従うことはできよう」

「あほなこと言わんといておくれやす。うちらはこれがいっぱいいっぱいどす」

と苦笑いし、

「京へは見物どすか」

と反対に質した。

「ただ今はそうとも言えるな。そのあと、修業が待っておる」

「へえ、京に江戸のお侍はんが修業どすか、なんでっしゃろ」

「わが女主どのは花街に関心がおありでな、京の遊芸を習いに見えたのだ。それがしは従者でござる」

「江戸には官許の吉原という遊び場所があるそうやな」

「京の花街とはいささか趣《おもむき》が違おう」

「ちゃいますやろか」

と首を捻った先棒が、

「お侍はんの女主はんはきれいな女子どすな」

「いや、京に参ったら祇園にはいくらも見目《みめ》麗しい女衆がおられると耳にしていたがな」

幹次郎は乗物の中で麻が問答を聞いているのを承知で駕籠屋に話を合わせた。

「いえいえ、舞妓も芸妓もな、白塗り落としたらこちらの女衆には敵いまへん」

「あとでそなたの言葉を伝えておこう」

「ところで鹿苑寺は見物どすな」

「いかにもさよう」

「鹿苑寺は元々寺やおへん。足利義満《あしかがよしみつ》様が応永《おうえい》四年（一三九七）ちゅうから四百年近く前に建てはったもんどしてな、北山殿《きたやまどの》と呼ばれる山荘やったんや。義満はんの死後に臨済宗相国寺派《りんざいしゅうしょうこくじは》の北山鹿苑寺、土地の人が金閣寺と呼ぶお寺へと変わったんどす」

「禅宗の寺が金閣寺とはまた華やかな寺名であるな」

「お侍はん、見たら分かりはるがな。三層の建物は白木の造りどす、この白木にな、金箔《きんぱく》が貼られてましてな、鏡湖池《きょうこち》の水面に映る姿はなかなかのもんや」

「金箔が貼られた禅寺は珍しかろう」

　この日、幹次郎と麻は、大徳寺から金閣寺、竜安寺、仁和寺と回り、桂川としても知られる大堰川に架かる渡月橋の袂《たもと》で、駕籠を洛中へと戻そうとしたのは八つ（午後二時）過ぎの刻限であった。

「大変楽させてもらいました」

と礼を述べた麻は、駕籠代の他に酒手《さかて》を過分に渡した。

「うちら、なんぼでも待てまっせ」

と話し好きな先棒が言ったが、

「わが女主どのは渡月橋をそぞろ歩きたいと申される。そなたらの案内で大変有意義な時を過ごさせてもろうた」

と幹次郎が駕籠を帰した。

「幹どの、嵐山にお泊まりですか」

麻が幹次郎の魂胆《こんたん》を訊いた。

「見てみよ。大堰川の流れの対岸の嵐山の桜が風に散って花吹雪《はなふぶき》となり、春の雪景色のようではないか」

「幹どの、胸の中に五七五が浮かんでおるのではございませぬか」

「それがしの五七五は己ひとりの楽しみでな。どう言葉を連ねたところであの嵐山の桜には敵うまい」

「いかにもあの桜は見事でございます。橋を渡って嵐山を散策致しますか」

「その前にな、ちと声をかけたき御仁がおる」

「えっ、嵐山に知り合いがおられますか」

「いや、おらぬ。それがしが目に留めたのは対岸の船着場よ、麻」

「乗り合い船でございますか」

「いや、乗り合いの傍らに舫《もや》われた荷船は駄賃次第では島原に近い丹波口の傍まで乗せていってくれるとは思わぬか、見よ、京の絵地図を」

と懐に持参していた絵地図を出すと、麻にただ今いる大堰川の渡月橋よりも下流の左岸にある丹波口を指して教えた。

「流れを下るのでしたら、渡月橋の船着場から丹波口近くの桂ノ渡しの船着場まででさほどかかりますまい」

「かからぬな。例えば七つ(午後四時)の刻限に船に乗ったとしたら、四半刻《しはんとき》(三十分)もせずに桂ノ渡しに着こう。となれば、本日じゅうに島原に着いて旅籠を探せば、夜の島原と、明日、昼間の島原を見ることができよう。島原がわれらの修業の場に相応《ふさわ》しいかどうかちらりとでも見ておこうか」

「なんと、そこまで考えて、幹どのは駕籠屋さんを帰されましたか」

「たかせがわの猩左衛門様にはいささか背信の思いは致すがな、島原についてなにも知らぬふたりの目で、吉原の基になった花街のただ今を見てみるのは大事ではないか」

「いかにもさようです。猩左衛門様には、嵐山を訪ねたら成り行きで島原を訪ねることになったと申されればようございましょう」

頷いた幹次郎は麻の手を引いて渡月橋を左岸から右岸へと渡った。

「麻、絵地図で分かったが、この大堰川は京の南で鴨川と合流し、さらに木津川《きづがわ》、宇治川《うじがわ》と合わさって淀川《よどがわ》と名を変えるのだ」

「京は水の都でございますね」

「いかにも水に恵まれた土地であるな」

ふたりが渡月橋際の船着場に行くと、明らかに空《から》の船が舫われて船頭《せんどう》がひとり、煙管《キセル》で煙草《たばこ》を吸っていた。

「船頭どの、ちと願いごとがござる」

幹次郎の言葉にじいっと幹次郎と麻の顔を見た船頭が、

「客人、京の願いごとには銭《ぜに》がかかりまっせ」

「当然であろう。桂ノ渡し場までわれらふたりを乗せていくらかな」

「銭十匁《もんめ》」

「よかろう」

「お侍はん、ふたりで二十匁や」

一両は銀六十匁が相場ゆえ、なかなかの値段だ。

「ふたりで銀十五匁、金一分でどうだ」

しばし考えた船頭が頷き、

「半刻くらいこの界隈の桜見物をしてきなはれ。相客がいはるでな、摂津大坂までの客どす」

と平然と言った。つまりは客待ちをしていた船に幹次郎は交渉したことになる。

「幹どのは、銭の交渉ごとは下手どすな」

と麻が笑った。

「そなたなら、いくらと申したな」

「二朱《しゅ》でも乗せたでしょうね、相客ですでに稼ぎをしておられました」

「それもこれもあとで知ったことだ」

と幹次郎が苦笑いし、

「桜を見て気分を直そうではないか」

と嵐山に向かって歩いていった。

嵐山の山麓で桜を楽しんだ幹次郎と麻は船頭が指定した約定の刻限より早めに

渡月橋際の船着場に戻ってきた。するとすでに十数人の男女の集団が船に乗り込もうとしていた。桜見をしながら酒を聞《きこ》し召《め》したらしく、足取りの怪《あや》しげな男たちもいた。

大声でわめき合う言葉や挙動《きょどう》から推測して、大坂の口入屋《くちいれや》が知り合いを嵐山の花見に招《まね》いたのであろう。その筋の男や用心棒と思える浪人もいれば、接待《せったい》に呼ばれた芸者連も交じっていて、なんとも騒がしい一団だった。

幹次郎と麻を認めた最前の船頭が艫《とも》のほうに乗り込むように仕草で合図した。

「船頭、人数は揃《そろ》てましたな、桂川から淀川を下って大坂へ戻りまっせ」

と主人と思しき男が船頭に命じた。

「へえ」

と船頭がふたりの助《すけ》船頭に舫い綱《づな》を外すように命じたとき、

「待った」

と大声を上げたのは用心棒らしき浪人者だ。

「主どの、この船は借り切りであったな」

「そうどす」

と主が応じて酔眼《すいがん》の用心棒に顔を向けた。

「どないしはったんだす、村瀬《むらせ》はん」

「相客がふたり乗っておるではないか。これはどういうことか」

と村瀬が船頭に質した。

「お客はん、うちの知り合いどしてな、このすぐ下流の桂ノ渡しの船着場まで同乗させておくれやっしゃ。ご新造はんが足を痛めはってな、旅は相身互《あいみたが》いどす」

との船頭の言葉に口入屋の主人が、

「船頭、大坂の者《もん》をなめたらあかん。この船は摂津まで借り切りや、その銭も支払っておます。ふたりを下ろしいな」

と船頭に命じた。

船頭が困った顔で、

「大坂のお客人、桂ノ渡しはすぐそこどす。堪忍《かんにん》してくれまへんか」

「船頭、おまはんの知り合いと言うたな、挨拶もせんと黙って借り切りの船に乗り込んだとはいい度胸やな。この場でそのふたりを下ろしてんか」

酒の勢いか、主の貫禄《かんろく》を見せようとしたか、船頭に言い放った。

幹次郎と麻は一行に背を向けて静かに座っていたが、船頭の困惑した顔を見て幹次郎が一統に向かい座り直した。すると麻も真似て、

「ご一統様のご不快、もっともでござる。お許しも得ず大変申し訳なかった。かくの通り詫びる」

と幹次郎が頭を下げた。

「なんや、えらい美形やおまへんか。うちらといっしょに酒を呑みながら桂川から淀川を大坂まで下りまひょか」

口入屋の主が言うと、大坂から従ってきたその筋の女連が、

「うちらがおるやおまへんか。ふたりとも下ろしいな」

と言い出した。

嵐山で酒を存分に呑んで酔っ払ったせいか、一団はわいわいがやがやと姦《かしま》しかった。

「申し訳ござらぬ。連れがいささか疲れましたでな、船頭どのに無理を申した。われら、桂ノ渡しにて早々に下船するでお許し願いたい」

と幹次郎が願った。

「下船するならばこの船着場でそのほうひとりとせよ。連れはわれらが丁重に接待致すでな」

巨漢《きょかん》の用心棒が刀を手に船中で立ち上がった。

「お侍はん、お座りやす。船を出しますさかい」

船頭が面倒な酔っ払い客とみたか、助船頭に舫い綱を外すように目顔で命じた。

船が船着場を離れた。

それでも村瀬と呼ばれた巨漢がよろめきながら幹次郎に鐺を向け、

「ほれ、そのほう、飛び下りて水浴び致せ」

と迫った。

「お客人、座ってえな。桂川の流れは急どす」

「船頭、そのほうの責めは大坂で致す。この場はこやつを流れに投げ込む」

鐺で幹次郎の胸を突いた。

流れに揺れる相手の鞘尻を摑んだ幹次郎が、

「おぬし、だいぶ酒を聞し召したようじゃな。船に乗れば船頭どのが長《おさ》、長の命を聞けぬならば流れに落ちますぞ」

「ほう、抜かしたな」

村瀬某が幹次郎に鞘を預けたまま刀を抜こうとした。その鞘を幹次郎が、
ぐいっ
と押すと抜きかけた刀の鍔《つば》に鞘が戻り、その勢いで村瀬は抜身を手にしたまま

船から転がり落ちた。

「大堰川の水で酔いをさましなされ」

幹次郎の手に鞘が残った。

「おのれ、朋輩の仇《かたき》を討ってくれん」

もうひとりの用心棒侍が口入屋の一行を掻き分けて幹次郎の前に立った。

「立ち合え」

「船中でございますぞ」

「かまわぬ」

こちらはさほど酒に酔っておらぬとみえて、手に携《たずさ》えてきた大刀を腰に戻した。

幹次郎は村瀬某の鞘の鐺を手にし、船中に座したまま、

「おぬし、泳ぎはできるかな」

と尋ねた。

「それがし、紀ノ川《きのかわ》育ち、水には慣れておる」

と思わず答えた相手が、

「立たぬと据《すえ》もの斬《ぎ》りにしてくれん」

と両足を揺れる船中の床に広げて、体の安定を保った。

「相分かった。村瀬どのの刀の鞘をどう致そうか」

と幹次郎が相手に差し出した。

「おのれ、人を蔑《さげす》みおるか」

いきなり腰の大刀を抜き放った。

「あーー」

船頭が眼前に展開する戦いに悲鳴を上げた。

次の瞬間、座ったままの幹次郎の手の鞘が相手の鳩尾《みぞおち》を突き上げて流れに飛ばしていた。

一瞬の勝負だ。

幹次郎は鞘を流れに投げ込み、

「お騒がせ申した。おふたりは泳ぎも達者のようでござる。二、三日内には大坂にお戻りになろう」

と言ったが口入屋の一行は茫然自失《ぼうぜんじしつ》して、なにも返事はなかった。

「船頭どの、迷惑をかけたな」

「えらい見世物どしたな」

船頭が困った顔で応じた。どこか楽しんだ様子でもあった。

「見世物か座興《ざきよう》か、大した芸ではござらぬ」

と返答した幹次郎が、

「われらが降りる渡し場はほどなくかな」

「へえ、上山田《かみやまだ》ノ渡しを早過ぎましたさかい、次の桂ノ渡し場はもうすぐどす」

不安を残した体《てい》の船頭が幹次郎に答えた。

「船頭どのは、これから淀川下りじゃな」

「へえ」

「本日のことでなんぞ迷惑がかかるようなれば、それがしに連絡をつけられよ。いつなりとも大坂に出向きますでな」

知り合いの体を装い、幹次郎は口入屋一行を牽制《けんせい》した。

「いえいえ、その心配はおへん。大坂の口入屋の旦那は話が分かるお方どす。面倒はおへん、なあ、口入屋の旦那」

と船頭に声をかけられた主が、

「わいの連れが酔っ払ってしたことや、船頭に迷惑などかけしまへん。あんさん、なんとも強いお方やな」

と答えたところ、

「丹波口桂ノ船着場に着きましたえ」

との船頭の声に幹次郎は麻の手を引き、

「ご一統、短い船旅であったが楽しゅうござった。大坂まで無事に着かれることを祈願しておる」

と船着場を離れる船の一行に声をかけた。

「またお会いしまひょ」

と船頭の声が遠のき、

「とうとう船頭さんの名もお聞きしませんでしたね」

と麻が言った。

二

七つの刻限を過ぎ、神守幹次郎と加門麻は、島原大門《おおもん》の前に立っていた。

大門には大きな柳《やなぎ》が植えられ、「出口《でぐち》の柳」と板に墨書されてあった。柳の木の周りには竹垣《たけがき》があって、こちらは「さらば垣」と説明書きがあった。大門の左手には天水桶《てんすいおけ》が積まれている。

ふたりは丹波口桂ノ船着場から時折り行き交う里人《さとびと》に、

「島原大門」

はどこかと尋ねながら古びた大門前に立つことができた。左右の門柱の上には提灯《ちょうちん》が下げられていた。

この大門を潜ると「道筋《どうすじ》」と呼ばれる道が西に向かって延びていた。つまりふたりは大堰川（桂川）の船着場から花街の島原をぐるりと回り込んで東に位置する島原大門前に立ったことになる。

「幹どの、出口の柳は見返り柳にございましょうか」

「吉原では見返り柳が客を迎え、大門まで曲がりくねった五十間道によって結ばれておる。一方、吉原の基になった島原では、大門のすぐ傍らに『出口の柳』と『さらば垣』が客を見送っていることになるな」

「なぜ大門の前にあるのに『出口の柳』と呼ばれるのでしょうか」

「見返り柳の意味合いとは似ているのかな。吉原の場合、遊客《ゆうかく》が帰り道、名残《なごり》を惜《お》しんで振り返る辺りにあるから見返り柳というとされる。この島原では廓の大門前にある柳をなぜ『出口の柳』と称するのか、曰くがあろう」

などと柳を眺めて、ふたりで話しながら佇んでいた。

幹次郎は京に来て、吉原の基になった島原の始まりを旅籠の主の猩左衛門に折々聞かされて知った。

それによれば、島原は日本で最も古い廓と称され、応永四年には公儀の認めた廓ができていたという。ただしふたりが立つ丹波口に近い場所ではなくて、東《ひがしの》洞院七条《とういんしちじょう》辺りに傾城局《きょく》が設けられたそうな。さらに天正十七年（一五八九）、豊臣《とよとみ》秀吉公が原三郎左衛門《はらさぶろうざえもん》と林又一郎《はやしまたいちろう》に二条柳馬場《やなぎのばんば》に遊里を設けさせた。この廓を「万里小路《までのこうじ》の廓」、あるいは単に「柳町」ともいい、公《おおやけ》には「新屋敷《しんやしき》」と呼ばれた。この「新屋敷」の入り口に柳が植えられたことから柳馬場の地名が生まれたという。

「柳町」の廓は御所に近かった。その界隈で二条城造営の企《くわだ》てがあり、徳川家康が慶長七年（一六〇二）に六条の地に移転を命じたという。

島原遊廓の変転はさらに続く。

寛永《かんえい》十八年（一六四一）に、

「近年廓が発展して風紀《ふうき》を乱す」

との町方からの苦情を受けて、町はずれの朱雀野《しゅじゃかの》、ただ今の島原の地に落ち着くことになったのだ。

江戸城近くの二丁町の元吉原が浅草田圃の新吉原に移されたことと京最古の遊廓の変転を、幹次郎は重ね合わせて記憶した。

さて、朱雀野をなぜ「島原」と呼ぶようになったか。この移転騒動を天草《あまくさ》および島原に起こった百姓一揆《いっき》（寛永十四〜十五年）の騒ぎに重ね合わせて、「島原」と呼ぶようになったというのが一般の通説だが、他にも諸説あって決め切れないと猩左衛門は幹次郎に告げていた。

島原大門の前で京の官営の遊里の変転を幹次郎は思い起こしていた。

遊廓は土居で囲まれていたが、所々が壊れていた。

ふたりの前に杖《つえ》を突いた老婆が立った。

「旅の方やろか」

不意に問いかけられ、麻が、はい、と返事をした。返答をした麻を見た老婆が、

「おうおう、別嬪《べっぴん》はんやし、色白ではんなりしてはる」

「過分な誉《ほ》め言葉でございます」

「あんさんならこったいはんにもなれそうや」

「こったい、とはなんでございましょう」

「こったいかいな、太夫はんのこっちゃ」

島原では太夫のことをこったいというらしい、と麻も幹次郎も理解した。

「おばば様、この島原には今もこったいさんがおられますので」

「いはりますえ。こったいはんにならはるには、書も和歌も踊りも三味線《しやみせん》も茶もできんとな」

老婆は江戸の吉原で薄墨と呼ばれて全盛を極めた麻に島原の太夫の条件を説明した。

「おばば様、ここは島原の大門でございますね。ならばなぜ柳は『出口の柳』と呼ばれますので。『入口の柳』ではいけませんか」

老婆が笑って手にしていた杖で柳を指した。

「旅の人は、京の島原七不思議を知らへんやろな。入口を出口と言い、堂もないのに道筋《どうすじ》と言うたりな、下へ行くのんを上之町、上に行くのに下之町と言うてな、理屈は知りまへん。こったいはんと遊んだ帰り、大門を出たところで出くわす柳や、未練を残して『出口の柳』とちゃいますやろか」

と己の考えを付け加えた老婆が、

「さいなら」

と麻と幹次郎に言い残してゆっくりと道筋に入っていった。

道筋は吉原で言えば仲之町だろう。

夕暮れ前なのに島原の大門前はえらく静かだった。

なにより島原と吉原のいちばんの違いは、吉原では遊女衆が鉄漿溝《おはぐろどぶ》と高塀に囲まれて、出入りが勝手にできないことであった。一方、道筋は通り抜け勝手に見えた。また、囲いの土居が荒れ果てて壊れているのだ。

〈島原の廓、今は大いにおとろえて、曲輪の土塀なども壊れ倒れ、揚屋町《あげやまち》の外は、家も巷《ちまた》も甚《はなは》だきたなし。太夫の顔色、万事、祇園に劣れり。しかれども人気の温和、古雅《こが》なるところは、なかなか祇園の及ぶところにあらず。

京都の人は島原へゆかず。道遠くして、往来わずらわしきゆえに多くは、旅人をも祇園へ誘引す〉

十年後、京を訪れた滝沢馬琴《たきざわばきん》は『羇旅漫録《きりよまんろく》』にこう認めている。ふたりが訪れた島原とさほど雰囲気は変わるまい。

「麻、われらは吉原の嚆矢が京の島原であることを認めねばなるまい。その上で吉原と島原では廓のあり方がどう違うかを知らねばなるまいな」

「幹どの、今晩島原に泊まりますか」

「まず廓の中を歩いてみようではないか。旅籠があれば願ってみよう」

ふたりは大門を潜った。

左手は上之町であり、吉原ならば面番所の背後、伏見町《ふしみちょう》がある辺りだ。

「麻、たかせがわの主どのからの受け売りじゃが、京の祇園など洛中洛外の花街すべてを今も島原の惣《そう》年寄が支配しているそうじゃ。それだけではのうて、茶屋株料を惣年寄の三枡屋《みますや》卯左衛門《うざえもん》様に払《はろ》うておられるそうな。吉原は江戸で唯一の官許、御免色里《ごめんいろざと》ではあるが、柳原《やなぎわら》や品川《しながわ》など四宿《ししゅく》、さらには深川《ふかがわ》の飯売宿《めしうりやど》を差《さ》配《はい》しているわけではないでな。島原の権限は江戸の吉原以上に大きいようじゃな」

「幹どの、その割には島原に活気が見えませぬ、どういうことでございましょう。夜見世《よみせ》が許されていないのでございましょうか」

麻は幹次郎と同じことを考えていた。

「そこじゃな、おそらく今宵ひと晩泊まってみれば、その辺の事情が分かるのではないか」

と幹次郎が答えたとき、音曲《おんぎょく》の調べが聞こえてきた。

清掻《すがが》きとは違い、賑やかなお囃子《はやし》だった。

「どうやら島原の中に芝居小屋があるようじゃな」

とふたりが近づくと、ちょうど芝居がはねたところで、男客たちが太夫や芸妓や天神《てんじん》を従えて、さらには住人と思える女衆もぞろぞろと出てきた。

「さすがに吉原には芝居小屋はございませんね」

「ないな」

享保《きょうほう》十年（一七二五）、島原は不振を解消するために公儀の許可を得て夜見世営業をなすことになった。昼間から遊ぶ分限者《ぶげんしゃ》やお大尽《だいじん》だけを相手にしてその他の刻限は大門を閉ざしている商いでは成り立たなくなっていたからだ。そこで京の花街の筆頭島原も、小銭を持った職人衆やお店の手代《てだい》らを相手に夜間営業をしようと企てた。

そのためには大門ひとつでは客が呼び込めないと、享保十七年（一七三二）には、「出口の柳」の大門の反対側の西にもうひとつ入り口を設け、だれでも通り抜けできるように考えたのだ。むろんただではない、来廓者ひとりから十二文を取っての廓内見物をさせた。ただし厳格なものではないらしい。その証《あか》しに麻と幹次郎はだれにも島原に入る代金を支払うことがなかった。さらに島原の惣名主らは上之町に芝居小屋を建てて、女衆にも芝居見物をさせ、廓内を遊覧《ゆうらん》させた。

これらの企てが島原不振と苦労を物語っているように思えた。

幹次郎と麻の前にその芝居小屋があった。

「吉原の中で、芝居小屋ができましょうか」

「できまいな」

麻の問いに幹次郎は言下《げんか》に否定した。

二丁町と呼ばれる江戸の芝居小屋と五丁町と異称される吉原は、

「一日千両」

を稼ぐ一大娯楽街だ。

吉原がそれを求めたとしても、芝居小屋の座元《ざもと》たちが既得権を手放すとも思えなかった。

「お客はん、芝居は終わりどす」

佇むふたりに芝居小屋の若い衆《わかいし》が告げた。

「のようですね」

と麻が答え、

「京に逗留中の旅の者ですが、なんとなく島原の花街に一夜泊まりとう思いました。廓の中に旅籠はございましょうか」

と質してみた。

「旅のお方が言わはるように島原は官許の花街どす。この大門の中には揚屋や置《お》屋《や》はおますが、旅の、それも女人が泊まる旅籠はおへん」

と若い衆が麻に答えた。

「幹どの、どうしましょう」

麻が幹次郎に顔を向けたとき、芝居小屋から半纏《はんてん》を着た壮年の男が出てきて、

「なにやら事情がありそうやな」

とふたりに尋ね、

「わては芝居小屋の座元の大邨彦太郎《おおむらひこたろう》どす」

と麻の顔を見ながら名乗った。

「われら東国からの旅の者でござる。本日、竜安寺など寺巡りをして嵐山に桜見物をなしました。嵐山の麓《ふもと》に泊まろうかどうしようかと迷った折りに、乗り合い船の船頭の、丹波口ならば乗せていくとの親切な言葉に桂ノ船着場に送っていただいたのです。そこで折角《せっかく》有名な島原を前にしているのならば、女連れで泊ま

ろうなどと不埒《ふらち》なことを考えました」

と幹次郎は虚言を交えて応じた。

「ほう、たしかに珍しおすな、女子連れでそれもお侍はんが島原に泊まろうとしはるのんは」

と笑った芝居小屋の座元の彦太郎が、

「京の逗留先はどちらどす」

と質した。

幹次郎は、この問いには正直に木屋町の旅籠たかせがわだと告げた。四郎兵衛が口利き状を持たせた旅籠が、格別な旅籠ということを京に来て幹次郎は知った。

「これはこれは、『たかせがわ』のお客はんどしたか」

と応じた大邨彦太郎が、

「まあ、島原かて、表もあれば裏もあります。お客はん方がどうしても島原に一夜を過ごしたいと言わはるんどしたらな、手がないことはおへん」

と言い添えた。

「座元どのに迷惑がかかりませぬか」

「迷惑はかかりまへんが、費《つい》えはそれなりにかかりまっせ」

「それはもう、かような酔狂《すいきょう》を考えたわれらです。江戸の土産話になりますならば、ふたり分の費えはお支払いできます」

「お客人、お名前はなんといわはるんや」

「それがし、神守幹次郎、連れは麻でござる」

「東国のお武家はんは、失礼ながら野暮天《やぼてん》やと勘違いしてましたけど、きれいなお連れはんと島原に泊まりたいと言わはるお侍はんもいはる。で、神守はん、泊まる場所に注文はおますか」

「できますことならば、島原を代表するようなところへ一泊」

「島原には、大きゅう分けて『置屋』と『揚屋』のふたつがおます。『置屋』は太夫はんや芸妓はんを抱えているところどす。一方、『揚屋』は、お茶屋はんのことどしてな、お客人が、こったいと呼ばれる太夫はんやら芸妓はんを揚げて遊ぶところどす。そやけど、女子はんの前どすけど、京では『揚屋』でな、お客が太夫方と床入りできまへん、芸を披露してお客はんを接待する場所どす。まあ、お侍はんは女衆のお連れがおられるんや、『揚屋』に願うのがええやろと思います」

「その『揚屋』のいちばんはどちらでござろうか。これもまた東国の野暮侍の勝手な願いにござる」

「ご当人が野暮侍と称されるお方には、なんぞ魂胆があるんとちゃいますか」

と笑った芝居小屋の座元が、

「島原一の『揚屋』は、角屋はんどす」

と即答した。

「角屋ですか」

と応じた幹次郎だが、四郎兵衛からの角屋への口利き状を預かっていた。

「神守はん、角屋はこの島原が設けられた当初の寛永十八年からの老舗どす。およそ百五十年前の建物と家督《かとく》を継いではります。このお茶屋はんやったら、文句なしやが、まず一見《いちげん》はんを泊めることはしはりまへんな」

「であろうな」

「そうやな、角屋はんほどやおへんけど、中堂寺町《ちゅうどうじちょう》の揚屋三下り屋《さんくだ》に芝居小屋の彦太郎からと言うて頼んでみなはれ、道筋に戻りはったら柳の出口を背に西に行かはって、分からんかったら、その辺でな、三下り屋とお訊きなされ」

と教えてくれた。

幹次郎らは芝居小屋の座元に深々と頭を下げて道筋に引き返し、西へと足を向けた。

宵闇が迫り、揚屋の庭から枝垂れ桜が道筋に差しかかって、島原が息を吹き返したように艶やかに蘇った。

「夜見世の始まりでしょうか」

麻が辻《つじ》に足を止めると、一軒の置屋らしき表口にかかった暖簾を分けて、小さな禿《かむろ》がふたり、姿を見せた。

幹次郎と麻は、辻の端に寄ってなにが始まるのか待った。

ふたりは知らなかったが、元禄元年（一六八八）創業の老舗、当初は養花楼《ようかろう》の名であったが、ふたりが見ている建物の暖簾には、

「輪違屋《わちがいや》」

とあった。

禿を先立て、天神と呼ばれる、吉原では振袖新造に当たる遊女やさらに輪違屋の家紋《かもん》を描いた傘持ちら男衆を従えた太夫が姿を見せた。

「太夫道中やで、輪違屋の太夫揚羽《あげは》と違うか」

「そやそや揚羽太夫や、美しいがな」

と幹次郎らと同じように見物する男衆から声が上がった。

「吉原と違い、太夫道中というのか」

「そのようです」

と幹次郎と麻は小声で言葉をかけ合った。

麻は自ら吉原で幾たびとなく花魁道中の主役を務めてきたが、その基となった島原の太夫道中に目を奪われていた。

中着を五枚重ねた上に織りやら刺繍《ししゅう》やらを施《ほどこ》した豪奢な打掛《うちかけ》を羽織り、「心」という字を表現するように丸帯《まるおび》が熨斗《のし》結びにされ前で締められていた。

履物は、吉原でも履く「三つ足《みあし》」と呼ばれる三本歯の畳表の高下駄《たかげた》を履いていた。

揚羽太夫の顔と胸前まで、さらに後ろ襟《えり》は三本足に白塗りされて、歯はお歯黒《はぐろ》、紅《べに》は下唇だけ塗られていた。その上に揚羽は、下唇に黒く細い線を入れた、独特の化粧であった。

さらに髷《まげ》は吉原でいう立兵庫《たてひょうご》に鼈甲《べっこう》のかんざしが何本も、櫛《くし》とめ、花かんざし、平うち、玉かんざし、長崎、前びら、前かんざしと吉原の花魁道中よりも賑やかに飾り立てられていた。

辻を揚羽太夫が「三つ足」の下駄を内八文字《うちはちもんじ》に回してゆったりと曲がった。

「角屋に呼ばれたんやな」

「天下の揚羽太夫や、島原一の揚屋の角屋やろな」

と男衆のやり取りが麻の耳に入った。

そのとき、揚羽がふと麻と視線を交わらせた。

麻は揚羽に会釈を送った。

揚羽もまた笑みを返した。

初めて会った女同士だが、揚羽も麻の顔の表情に自分と同じ「光と陰」を見たのだろうか。

「おお、見たかえ」

「おうさ、うちに揚羽太夫が笑みをくれはったがな」

「アホ抜かせ。わてに揚羽は会釈しはったがな」

と男衆が言い合う中、揚屋町の揚屋角屋に向かってゆっくりと太夫道中が遠ざかっていった。

気づくと宵闇の中、辻に幹次郎と麻のふたりだけが佇んでいた。

「麻、なにを考えておる」

しばし間を置いた麻が、

「遠くに過ぎ去った昔を思い出しておりました」

と言った。

三

翌日昼前に島原の揚屋を出た神守幹次郎と加門麻は、南に向かい東寺《とうじ》を見物し、西本願寺《にしほんがんじ》、東《ひがし》本願寺と寺参りを続けて少しずつ北へと向かいながら六角堂《ろっかくどう》を経て、京に来て初めて鴨川を渡った三条大橋へと出ていた。

その間、ふたりの間にいつものような問答はなかった。

昨夕、島原の芝居小屋の座元に紹介されたのは揚屋の三下り屋だった。揚羽太夫が呼ばれていった揚屋角屋に比べれば、中規模の揚屋ということが分かる建物の佇まいだった。だが、どこも手入れがよくなされていることが分かった。

幹次郎と麻が三下り屋を訪れ、男衆に芝居小屋の座元彦太郎からの口利きだ、と言い添えたあと、

「われら、東国から京見物に来た者にござる。島原の作法を知らずして一夜過ご

したいと偶然に会った彦太郎どのに願いを告げるとこちらを紹介してくだされた。こちらが旅籠ではなく揚屋ということも承知でござる。ゆえにお断わりになられても致し方ないと存ずる。かような無理を聞いていただけようか」

と幹次郎が丁重に三下り屋の番頭と思しき男衆に頼むと、

「彦太郎はんの口利きどすか、ちょいとお待ちを」

と奥へと引っ込み、主と相談している様子があった。そしてふたりは帳場に通され、主夫婦と引き合わされた。

「彦太郎があんた方をうちに口利きしましたか。珍しおすな」

と初老の主の三下り屋嘉右衛門《かえもん》がふたりを見て、

「東国とは江戸どすか」

と質した。

「いかにも江戸からでござる。それがし、いささか事情がござって年余の暇が生じました。そこで京見物に上ってきたのでござる」

と言い添えた幹次郎はふたりの姓名を名乗った。

「神守様に麻様どすか。お侍はんが京見物やなんて面白いことを考えはりましたな」

「もはや江戸にて武家が司《つかさど》る政は行き詰まっておるようにそれがし、愚考致した。ならば古い都の京に少しの月日でも滞在し、向後なにをなすべきか考えようかと京に上って参った次第です」

幹次郎はそう説明しながら、虚言ではないが、吉原会所の関わりの者だと名乗らなかったことに背信を感じていた。だが、詳しい事情を説明するにはいささか早いとも思った。

「それできれいな女子はん連れで島原を訪ねはりましたか」

「本日は北の寺参りをなし、嵐山にて桜見物して偶さか摂津大坂に向かう船に乗せてもらい、島原近くの桂ノ渡し場に下ろされ申した」

「それで彦太郎に出会わはったんか」

「いかにもさよう。ちょうど芝居小屋がはねた折り、客が散ったあと、われらふたりがなす術《すべ》もなく立っておるところに座元どのが声をかけてくだされたのだ」

「およその事情は分かりましたえ」

と応じた三下り屋嘉右衛門の、

「お侍はん方は島原がどのような場所か承知で泊まりたいと言わはるんやな」

との念押しに頷いた幹次郎が、

「島原が官許の花街として古く、格式《かくしき》があることを存じておる。それ以上の知識はござらぬ。いや、こちらに参る直前、揚羽太夫の太夫道中を見物させてもらった」

と答えると、主は頷いたあと、しばし沈思し、

「暇を持て余して京に来はったんでも嵐山の桜見物のついでに島原に立ち寄りはったんでもなさそうやな。ええやろ、おふた方がなにを考えはってのことか、うちらには分からしまへん。ご覧の通り揚屋としては中程度の茶屋どす。本日も三組ほど京の町中からの客人がいはります。座敷は使われとりますがな、離れは空いてます」

と泊まりを許してくれた。

庭を挟んだ離れ屋にて、島原の揚屋で太夫らが客をもてなす雰囲気を味わいながら、幹次郎と麻は一夜を過ごした。

今朝方、帳場に呼ばれたふたりに嘉右衛門が、

「江戸のお方、島原のただ今が少しでも分からはりましたか」

と訊いた。

「庭ごしに伝わってくる接待ぶりはそこはかとなく感じることができました。嘉右衛門どの、無理を聞いていただき、感謝に堪えません」

「もののついでどす。神守様方、島原一の揚屋角屋を見ていきはりまへんか」

と同業の角屋を紹介すると言った。

幹次郎は咄嗟に、口利き状を使わぬほうがこの際よかろうと考えた。

「さようなことができますか」

「昼前ならば差し障りはおへんやろ」

と嘉右衛門が言い、

「うちの男衆をつけます。同じ揚屋でもうちとは大きさと格式がちゃいまっせ」

と言った嘉右衛門に麻は二両を泊まり代として包んで置いてきた。麻にとってそれが島原で一泊代として安いのかどうかの判断もつかなかった。

そのあと、三下り屋の男衆に連れられて角屋を訪れたふたりは、百五十年余の歴史を持つ島原一の揚屋の威光《いこう》を見物させてもらった。そして、いま馴染の三条大橋へと戻ってきたところだ。

結局口利き状は使わず仕舞いに終わった。

「麻、昨夜からあまり口を利かぬな。吉原の先達島原をどう思うた」

「なんとも胸の内の整理がつきませせぬ」

というのが麻の正直な返答であった。

「なんとのう、そなたの気持ちを察せられんではない。われらは吉原の先行きを見たようであった」

「島原と吉原は似ておるようで違います。幹どのと麻が島原で修業することがよきことかどうか、迷っております」

「麻、人というもの、迷うておるとき、すでに答えを胸の内に持っておるのではないか」

「さようかもしれません」

「それがしも麻と同じように、遊里の中ではどこよりも格式高い島原の静かなる沈滞《ちんたい》が気にかかっておる。柳の出口ひとつだけであった廓に、西に門を設けて女衆も出入りさせ、芝居小屋まで設けて新たなる客を呼ぼうという企てもなされた。にも拘わらず、島原の活気が今ひとつなのは、奈辺《なへん》に起因するのか、考えさせられたのではないか、麻」

幹次郎の問いに麻が無言で頷いた。

「東西に門を設けて勝手気ままに町屋の女衆を出入りさせ、廓の中に芝居小屋を設けるのは、ただ今の吉原には無理と思わぬか」

「無理でございましょうね」

と麻が即答し、

「島原はさような試《こころ》みをなしたにも拘わらず、どことなく活気が感じられぬ」

と幹次郎は同じ言葉を繰り返した。

「幹どのが三下り屋の嘉右衛門様に私どもの修業のことを話されなかったのは、島原になにかが足りないと思われたからではございませぬか」

麻の問いに幹次郎は、昨日島原大門を潜った折りから感じていた迷いを整理するのに時を要した。

「麻、島原は公儀から最初に許された御免色里であることに胡坐《あぐら》をかいてきたのであろうか。未だ祇園など花街から上がりを上納させる権利を持っておられる。商いというもの万事、よそからの上がりで成り立つとしても、その一方で失ったものがあるのではなかろうか。島原が手を抜いておるとは申さぬが、お客人を見下しておることになったのではなかろうか」

「はて、それはどうでしょう」

と麻は幹次郎の考えに疑問を呈した。

「とは申せ、麻に幹どのの考え以上のものはございませぬ」

ふたりがたった一夜ながら島原に、

「ゆるゆるとした凋落」

を感じたことはたしかだった。

「ただ今の気持ちのまま島原で修業をなすことはできぬな」

「私どもがさような気持ちで島原にて修業するのは島原に失礼でございましょう」

「さあてどうしたものか。われらが感じた漠たる不安を島原がいちばん承知であろう。とは申せ、われらに許された一年ばかりの中で島原が活況を取り戻すとは思えぬ」

幹次郎の言葉に麻が首を縦に振った。

この島原が歴史の舞台にふたたび登場するのは幕末《ばくまつ》のことだ。

文久《ぶんきゅう》三年（一八六三）三月、京都にて組織された幕府の治安組織、京都守護職の配下に壬生浪士組《みぶろうしぐみ》、のちの新選組《しんせんぐみ》が誕生した。この新選組の宿所は島原に近い壬生の八木《やぎ》邸にあったことから島原が脚光を浴びた。だが、それも一瞬のことではあったが。

とまれ、話が先に進み過ぎた。

「幹どの、旅籠のたかせがわに戻り、主様に私どもの行動を話して向後のことを正直に相談するのはいかがにございますか」

「四郎兵衛様が京において最も信頼しておられる猩左衛門どのに相談致そうか」

幹次郎は麻の言葉を受けて覚悟した。

木屋町の旅籠たかせがわに戻ったふたりに茶が供《きよう》せられて落ち着いたとき、猩左衛門が江戸からの文を手に姿を見せた。

「どないどした、寺巡りと嵐山の花見は」

と言いながら、

「神守様は吉原で頼りにされてはるんやな。会所の四郎兵衛はんからとはちゃいます」

と差し出した書状は、なんと南町奉行所定町廻《じようまちまわ》り同心桑平市松と身代《みが》わりの左吉《さきち》からであった。思いがけない書状だが、旅先でもらう文に懐かしくもあり、ふたりが同時にくれたことに不安を感じてもいた。

「お読みにならはりますか、あとでまたお邪魔しましょ」

「主どの、ふたりとも吉原会所の外での付き合いにござる、急ぐ用事の文とも思えません」

と前置きした幹次郎は桑平と左吉の職を掻い摘んで説明した。

「町奉行所の同心はんと神守様の付き合いがなんとのう推測できます。もうおひとりの身代わりはんは妙な仕事どすな」

「京にはございませぬか」

「あらへんな、悪さした人の代わりに牢屋敷に入られるんどすか」

「むろん人殺しや押込み強盗の身代わりは無理です。されど大店の商い上の差し障りなどで、主や番頭が牢屋敷に押し込めに遭う沙汰を受けた折り、その身代わりを左吉どのが務めます。むろんその筋にもそれなりの金子《きんす》が渡ることになります」

「京では聞いたことがおへん」

と猩左衛門が左吉の身代わり業にいたく感心した。

「で、神守様とはどのようなお付き合いでいはるんや」

「それがしの務めは廓の中だけで収められるものではございません。そのような折り、町奉行所の同心どのや身代わりの左吉どのの知恵を借りることになります。

お互い持ちつ持たれつの関わりでござる」

「なんとのう、四郎兵衛はんが神守様を信頼されてはるわけが分かりましたわ」

と得心した顔の主に、

「われら、昨夜は島原の揚屋に泊まりましてございます」

と昨日からの行動を幹次郎は猩左衛門に告げた。

話を聞きながら猩左衛門は相槌《あいづち》を打っていたが、

「神守様のなさることは素早《すばよ》うおすな。で、どないどした、島原の感じは。満足しはりましたか、どないどす」

と幹次郎らが無断で島原を訪ねたにも拘わらず、そのことに触れようとはせず質した。

「われら、ただ三下り屋と申す揚屋の離れに泊まり、本日の昼前に同業の角屋を見物させてもらいました。たったそれだけの滞在ゆえに島原を知ったとは言えますまい」

「改めて島原を訪ねはりますか」

猩左衛門の問いに幹次郎はしばし間を置いて言い出した。

「わずかな時でも、京の花街を仕切る島原の歴史と威光は十分に窺うことができました。ただ」

と幹次郎は言葉に迷った。

「神守様らしゅうおへんな、正直な気持ちをお話しなされ」

「それがしも麻も迷うております」

と前置きして、

「わずかな一夜で判断できるほど島原を見たとは言えますまい。それを承知であえて言わせてもらいますと、島原にただ今の吉原の行く末を見たように感じました」

と幹次郎は一気に言い切った。

こんどは猩左衛門が黙り込んだ。長い沈黙のあと、

「島原は官許の花街としては格式がおます。それが却《かえ》って裏目に出てると感じはりましたか」

「そこまで言い切るのは浅慮《せんりょ》にございましょう」

「神守様、あんたはんの考えが当たってるとも外れてるとも言えまへん。そやけどな、その勘は大事にしはることや。とはいえ、いま決断することはおへん」

と猩左衛門が最後に早まって動くでないと忠言した。

「ご忠告、有難く肝に銘じまする」

「そうや、明後日に神守様と麻様は一力亭で祇園の旦那衆と会わはりますな」

「はい」

「ならば明日から気持ちを切り替えはって、島原をのけた京の花街をお客はんとして見はりまへんか」

「女連れでも茶屋に上げてもらえましょうか」

「うちが口を利かせてもらいます」

幹次郎は麻を見た。

「旦那様にお願い致しましょう」

「その前に清水寺の老師が神守様と麻様に会いたいてゆうて、使いが口上を述べていかれましたんや」

「ほう、清水寺の老師からの使いですか。明日にも参ります」

と幹次郎が返事をして明日からの予定が決まった。

猩左衛門が座敷から去ったあと、幹次郎は二通の書状を手にどちらから先に封を披くか迷った末に、桑平市松の書状を披こうとした。すると麻が、

「桑平様に私どもが京に逗留しておることを知らせましたか」

「麻、そなたに言わなかったか。吉原会所になんぞあれば、まず気づくのは左吉どのの他に桑平どのじゃ、ゆえに四郎兵衛様から聞かされた京の滞在先、この旅籠のことを話してきた」

幹次郎の説明に麻が首肯した。そして、

「悪い知らせでなければようございますが」

と呟いた。

幹次郎は桑平の書状を披いた。

「神守幹次郎殿

桜の季節の京はいかなる土地であろうか。江戸の町奉行所の一同心には夢に思い描くこともできぬ。されど千年の都が江戸とは違い、雅《みやび》な地であろうと推察致し候。

吉原はそなたに『謹慎』が言い渡されて以来、活気がないように見受けられるのはそれがしの勘違いであろうか。あの村崎季光同心とてなんとのう元気をなくしおり候段、訝しくもあり可笑《おか》しゅうもあり、いかにもさようと得心致し候。

さて、吉原の町名主らに表面上動きはないかと廓の外より観察致し候。かような無風の折りはなんぞ異変の前触れかと、承知致し候。されど吉原会所七代目の四郎兵衛と大籬三浦屋の四郎左衛門ががっちりと手を組んでおる間は、町名主といえどもそうそう容易く動くことは叶わじとも愚考致し候。

一方、汀女どのは淡々と料理茶屋山口巴屋の差配と廓の手習い塾をこなしておられ候ゆえご安心くだされ。柘榴の家も時折り、門外より見廻り候。

わが女房が身罷り、半年にもならぬというに八丁堀《はっちょうぼり》の某与力《よりき》の女房がそれがしに後妻の世話をあれこれと持ち込みおり候事、いささか迷惑至極に候。

同行のお方に宜しくお伝えくだされ。

桑平市松拝」

この件で幹次郎はつい笑みを漏らした。

「桑平様の文によろこばしきことが認めてございましたか」

「読んでみよ、どこにもお節介者はおられる」

と吉原に動きがないことに少しばかり安堵しながら、書状を渡した。

二通目の身代わりの左吉の文は、いきなり始まった。

「ざくろの家、ねこの黒すけも犬のじぞうも、女主さまも元気なり、うわさに聞きそうろう。

いっぽう吉原にはいささか不おんなる気配をかんじそうろう。

不おんな気配が牢やしきのふたしかなうわさ話なるかどうか、ただ今ひそかに下しらべにござそうろう。

とはいえ、なにがおころうとも神守の旦那は遠い地にあれば、いくらすごうでの裏同心どのといえども、手のうちようはありますまい。ゆえにはっきりとした折りのみ次の文でお知らせいたそうと考えそうろう。

過日、四郎兵衛さまにお会いいたしましたが、なんとのう年をとられた様子にて病などかかっておられぬかと案じそうろう。

この文がとどくかどうか、ふだん牢やしきに住まいしそうらえば、なんとも申しようなきにそうろう。

ともかくこの一年が無事にすぎんことを牢やしきからいのりおりそうろう。

左吉

神守幹次郎様」

左吉はどうやらこの書状を、牢屋敷から牢役人に託して飛脚屋に持ち込んだようだと思いながら、左吉の文を麻に渡した。

四

吉原会所の番方仙右衛門は、会所の前に佇んでいた。

桜の季節、昼見世《ひるみせ》前のことだ。穏やかな日和だった。

江戸勤番《きんばん》に初めて上府《じょうふ》してきたと思しき浅葱裏《あさぎうら》と呼ばれる大名家の家臣が、上気《じょうき》した表情と緊張を見せて大門を潜ってきた。

「ご同輩、ここがかの吉原にござるかや」

「いかにもさようじゃ。よいな、本日は廓内の見物じゃぞ。遊女に声をかけられたからといってその気になってはいけん」

江戸勤番に慣れた先輩が初めての吉原に上気した後輩に国訛《くになま》りで注意した。

仙右衛門は訛りから察して山陰筋《さんいんすじ》の大名家かと思いながら、どことなく散漫《さんまん》な眼差しを大門から待合《まちあい》ノ辻《つじ》に入ってきた勤番侍三人に向けていた。

不意に傍らで聞き慣れた声がした。

「番方、春の陽気に虚《うつ》ろな表情ではないか。吉原の治安を守るのが役目の会所の番方がそれで務まると思うか」

仙右衛門は声の主《ぬし》に目を向けた。面番所の隠密廻り同心、村崎季光が立っていた。

「村崎の旦那よ、わっしはしっかりと大門の出入りを見張っていましたぜ。旦那に注意を受けるような真似はしていねえ」

と答えた仙右衛門の声にいつもの張りがなかった。

「なにを申しておるか。そのほう、魂を抜かれた体で所在なく立っていたではないか。わしが当ててみようか。神守幹次郎の蟄居《ちつきよ》閉門が応えておるな」

と応じる村崎同心の言葉にもいつもの元気がなかった。

「村崎の旦那も今ひとつ覇気《はき》がございませんな、いつもの喚《わめ》き声はどうしました」

「春の時節がわしをゆったりと桜を愛でる気持ちにしておるのかのう」

と言った村崎の視線が仲之町にこの季節だけ植えられた桜並木に向けられた。

いつもの村崎とも思えない言葉を漏らした同心を仙右衛門が見返した。

「どことなくわしの胸の内に風雅な気持ちが湧いておるでな」

「風雅な気持ちですかえ。いつもの旦那じゃございませんな」

「春はな、万物が蘇る時節じゃ、かような折りは意外と繊細《せんさい》な神経の持ち主には応えるものよ」

「繊細な神経の持ち主って、どなたですね」

「それはこのわし、村崎季光に決まっておろう」

両人の問答を大門で客の出入りを見張る会所の金次《きんじ》と面番所の小者《こもの》がにやにやと笑いながら眺めていた。

「やっぱり神守の旦那の謹慎はうちの旦那にも会所の番方にも結構応えているようだな」

「間違いねえ。ふたりしていつもの角《つの》突き合わせて怒鳴り合っている迫力がないもんな」

「ないね」

「やっぱりあのふたり、なにやかにやと言っても神守様の謹慎が応えているんだぜ」

「そういうことだ」

「いつ神守様の謹慎が解けるんだ」

と小者が金次に囁き声で訊いた。

「それが分からねえ。分かればあのふたりだってもう少し元気になろうというもんじゃあないか」

と金次が答えた。

金次らの言葉も耳に入らないのか、村崎が番方に言った。

「廓の住人どもの噂を承知か」

「住人の噂ですって」

仙右衛門が訊き返した。

「ほれ、番方は注意散漫ゆえ吉原雀《すずめ》の話が耳に届かぬのだな」

吉原の主役は三千人を超える遊女だ。それを支える妓楼や引手茶屋の主、奉公人がいた。また二万七百六十余坪の廓内にはこの他に湯屋から豆腐屋まで暮らしに要る商いの店が五丁町の裏路地、蜘蛛道《くもみち》の中に無数にあった。村崎が言う「廓の住人」とか「吉原雀」とは万余のこの連中を指していた。

村崎同心が仙右衛門の袖を引き、面番所に連れ込んだ。面番所にはふたり以外いなかった。ふたりは面番所の上がり框に並んで腰を下ろした。

「神守幹次郎じゃがな、もはや大門を潜ることはない、という噂だ」

と村崎が声を潜めて言った。

「わっしは七代目から一年の謹慎と聞かされていますがね」

「いや、違うな。神守は五丁町の名主たちを怒らせる出来事を起こしたらしい」

「村崎の旦那、もしそうならばわっしが廓の住人より先に承知していてもようございましょう。痩せても枯《か》れても番方のわっし、この廓生まれの廓育ち、五丁町から蜘蛛道までそらんじていますぜ」

「番方、おぬしは裏同心の神守と親しいでな、こたびの一件では外されたのよ」

ふーん、と鼻で返事をした仙右衛門は、この噂の真意は奈辺にあるか考えた。

「村崎の旦那、ということはよ、神守様一家は吉原から放逐《ほうちく》されるということですかえ」

「まあ、そうなるかのう」

「神守様はよ、吉原会所の七代目や五丁町の名主を無視して事を起こす御仁じゃないがね」

「ほれ、それが甘いというのだ。薄墨太夫の一件をはじめ、あやつが勝手に動いた騒ぎは両手では数え切れまい。吉原には吉原の仕来たりがあるのだ。それをあやつは好き放題にした」

「ならば会所の四郎兵衛様がお許しになるはずがねえ」

「そこだ。番方よ、このところ急に四郎兵衛は老いたと思わぬか。その辺りを小《こ》賢《ざか》しくも神守幹次郎は見抜いて独り勝手に動いたのよ。それに五丁町の名主らが気づき、四郎兵衛に迫ったのだ」

「薄墨太夫の一件にはたしかに驚かされたがよ、札差百余軒を率いてきた先代伊勢亀の隠居の遺志、遺言だ。その代理を神守様がなし、三浦屋の四郎左衛門様も得心なされて落籍されたことだ。他の名主があれこれと言う話じゃねえ」

「番方、人には分《ぶん》というものがある。神守幹次郎は吉原会所の使用人。裏同心なる名を僭称《せんしょう》しておるが、あやつにはなんの権限もあるまい」

と村崎同心が言った。

「村崎の旦那よ、その言い方はひどくねえですか。おまえ様だって、神守様にこれまでどれだけ助けられたよ、面番所の隠密廻り同心から無役《むやく》に落とされかけたのはさほど昔のこっちゃねえでしょう、そいつを救ったのは神守幹次郎様ですぜ、おまえ様、そのことを忘れなさんな。あんまり人の噂を信じてあれこれ言うのはよくねえ。ただ今の神守様はたしかに水に落ちた犬だ、そいつを村崎の旦那は竹棒でひっぱたくつもりですか」

仙右衛門は上がり框から立ち上がった。

「まあ、待て、この話は噂ばかりではないぞ」

村崎同心が仙右衛門の袖を引っ張って止めた。

「どういうことだね」

「五丁町の名主のひとりがな、この村崎季光に直に囁《ささや》いたこととも符合してお
る」

「だれだえ、その五丁町の名主さんはよ」

「番方、名など口にできるか、ともかく大物よ。いいか、名は言えぬがこの一件、
神仏に誓って事実である。知りたければそなたが己で調べよ」

「分かったぜ、旦那」

と仙右衛門は言い残すと面番所を出た。

「番方、七代目に伝えるならばわしの名を出さんでくれぬか」

との村崎の言葉を無視して吉原会所の腰高障子を開けた。

会所では嶋村澄乃《しまむらすみの》が遠助の毛を梳《す》いていた。

「澄乃、七代目は奥にいなさるか」

「はい」

と澄乃が櫛を手に立ち上がって仙右衛門に返事をした。

「廓内に変わりはねえな」

「私の知るかぎりございません」

頷いた仙右衛門が奥の四郎兵衛の控え座敷に通り、

「七代目、ちょいとようございますか」

と閉じられた障子の前から声をかけた。

「ちょうどよかった。入りなされ」

との四郎兵衛の返答に障子を開けると、なんと四郎兵衛の前に汀女がいた。

「おや、汀女先生、本日は手習い塾でございましたかな」

「いえ、京から文が届きましたで、お届けに参りました」

と汀女が応じた。

「ということは神守様と麻様のおふたりは京に到着されましたか」

四郎兵衛の問いに汀女が頷いた。

「そいつはよかった」

と応じた仙右衛門だが、幹次郎から京に極秘に行くことは聞かされていなかった。なんのために京に行ったのか、そして、加門麻が同行していることも驚きだった。

「番方、言うておこう」

と四郎兵衛が前置きして、

「神守幹次郎様が京に極秘に滞在される曰くは、吉原の基になった花街島原や祇園、先斗町などのただ今を知るためだ。京は江戸より古く遊芸も新しい趣向があろう。神守様の考えでな、私が『謹慎』を利用して京修業を許したのだ。このことは番方、そなたの胸に留めよ」

「相分かりました」

仙右衛門は、四郎兵衛は吉原会所の八代目頭取を神守幹次郎に託すことを諦《あきら》めていないどころか、確固とした信念で幹次郎の行動を許し、支えているのだと得心した。

「修業先は島原ですかえ、祇園の花街ですかえ」

「神守様はまず島原をはじめ、京の花街を順繰りに見て回られよう。どこで修業するか、神守様の判断次第かのう」

と答えた四郎兵衛にはなんとなく幹次郎の修業先を察している気配があった。

「一年ですか、二本差しの形《なり》では京での修業は務まりますまい」

「それもこれも神守様の考え次第でな。一年など長いようで短い」

四郎兵衛の言葉に仙右衛門が頷き、汀女を見た。

「早ひと月は過ぎました」

と汀女が答えて微笑んだ。

「柘榴の家のことでお困りのことはございませんかえ」

「おあきもおれば黒介、地蔵もおります」

と汀女が答え、仙右衛門は麻の同行は汀女も承知の上なのかと思った。

「番方、村崎様に捉《つか》まっておったようだな」

「七代目、うっかりしておりました。村崎の旦那から、廓内に、神守幹次郎様の放逐の噂が流れておるとか、聞かされました」

「ほうほう、さような噂がな」

「また名は告げませんでしたが、名主のひとりからも聞かされたとか。どういうことでございましょうな」

「いつまでも『謹慎閉門』を押し通せますまい。あれこれと噂は流れましょうな」

と四郎兵衛が言った。

「村崎同心は町名主の名が知りたければ、己で調べよとも言いました」

「それは調べずとも分かります」

「おや、もはや七代目は承知でございましたか」

仙右衛門の問いに四郎兵衛が頷き、汀女を見た。

「もしや四郎兵衛様自らが幹どの放逐を企てられましたか、となればその町名主どのは三浦屋四郎左衛門様ではございませぬか」

「さすがに汀女先生ですな」

と四郎兵衛が笑い、仙右衛門が啞然《あぜん》としてふたりを見た。

「どういうことです、七代目」

「いつまでも柘榴の家に『謹慎閉門』ではいささか無理が生じましょう。放逐なればどこへ参られようと勝手きまま」

「放逐の噂が定着した折り、柘榴の家の閉門は解けますか」

「まあ、そうなりますかな」

と四郎兵衛が仙右衛門に言い、

「呆れました」

と仙右衛門が応じた。

「番方、この『放逐話』を受けて廓内のだれが動くか、しっかりと見張っていなされ」

「へえ」

と応じた仙右衛門が、

「いささか肝を冷やされましたで、ぐるりと廓内の見廻りに出て参ります。まさか七代目の策とはな」

と言いながら仙右衛門が控え座敷を出ていった。

「四郎兵衛様、すでに町名主のうちでだれが動かれるか、察しておられるのではございませぬか」

「心当たりがないこともございません。されど今ひとつ二つ、策を重ねませぬとな。いえ、かようなことはそなたの亭主の神守幹次郎様のこれまでの動きを見て真似ているだけでございますよ」

「おや、幹どのの真似にございますか」

「神守様ならばこう考えるであろうと推量はつきます。されど神守様にあって私に足りないものがありましてな」

「なんでございましょう」

「人柄です。いえ、人徳でしょうかな」

「人徳なれば、これまで長年吉原会所の頭取を務めてこられた四郎兵衛様のほうが幹どのとは比べようもないほどお持ちです」

「いえ、人柄と人徳を併せ持つことにおいて神守幹次郎様に敵う御仁は、この江戸にも五人とはいますまい。それもこれも神守幹次郎様の背後には観音様が控えておられるからです」

「おや、観音様ですか」

「はい、さよう、汀女様と申す寛大にして度量をお持ちの観音様がおられなければ、こたびの八代目就任《しゅうにん》は叶いませんでな」

「本日の七代目は、私ども夫婦を過剰に持ち上げておられます」

と汀女が笑った。

「伊勢亀の先代はすべて見抜いた上で薄墨太夫を神守幹次郎という人物に預けられた。それもこれも女房どのが汀女様なればこそ。伊勢亀の隠居が死に際して考え抜かれたことの万分の一でも真似てみようと思うたのが、こたびの一件です。それだけになんとしても企ては成功させねばなりません」

「四郎兵衛様は吉原百年を神守幹次郎に託されましたか」

「いかにもさよう」

と四郎兵衛が大きく頷いた。

汀女は京にある幹次郎と麻のことを頭に思い浮かべていた。

第四章　放逐

一

神守幹次郎と加門麻は、奈良に都のあった時代の末期に延鎮《えんちん》によって開山された清水寺をふたたび訪ね、庫裡《くり》にて羽毛田亮禅老師に会いたいと願った。

「亮禅老師に会いたいとご所望どすか」

修行僧と思える青年僧が神守幹次郎と加門麻の男女連れを見て問い返した。

ふたりは旅籠たかせがわの主猩左衛門に、羽毛田亮禅が清水寺の三職六坊《さんしょくろくぼう》とよばれる組織のうち、貫主《かんす》に次ぐ目代《もくだい》の地位にあり、寺内外では単に、

「老師」

と呼ばれることを聞かされていた。

「過日偶然にお会い致しました。その亮禅老師からわが旅籠にお使いが見えて、会いたしとの伝言を頂戴致しました」

幹次郎の言葉を聞いた庫裡の年配僧が青年僧に、

「お伝えしおし」

と命じた。


この日、幹次郎の腰には今朝方六代目の寺町屋藤五郎を訪ねて引き取ってきた、手入れの終わった五畿内摂津津田近江守助直があった。借りていた同田貫上野介は返却してきた。

寺町屋藤五郎の作業場で、

「神守様、同田貫を使われた様子はおへんな」

「お借りした同田貫を使わずに済みまして、ほっと安堵しております」

「助直の手入れを確かめたってや」

「拝見致します」

と断わった幹次郎はもはや手に慣れた伊勢亀隠居の遺品の一剣の鞘を払って切っ先から物打ち、さらには鎺《はばき》まで確かめて、

「お見事な手入れにございます。これでさるお方にお会いすることができます」

「さるお方どすか」

「清水寺の亮禅老師にございます」

「なんと、老師とお知り合いどすか」

「知り合いというほど昵懇《じっこん》ではございません。お呼び出しを受けましたゆえ清水寺に参ります」

しばし間を置いた藤五郎が、

「神守様はどれほど京にいはるんや」

「一年と考えております」

「また会えますな。いつなりとも手入れに来ておくれやす」

幹次郎は二両を包んだ懐紙を、

「些少《さしょう》ですがお納めくだされ」

と差し出した。

「清水寺の老師と知り合いと聞いて遠慮しとうおす」

「些少と申しましたぞ」

と藤五郎に幾たびも願ってようやく受け取ってもらうと、幹次郎は助直を腰に落ち着かせた。

そして今、清水寺の庫裡の入り口でその助直を腰から外し右手に携えた。そのとき青年僧が戻ってきて、庫裡の年配僧になにごとかを告げた。

「お待たせしましたな。おふた方ともこちらから上がっとくれやす」

と自ら幹次郎と麻を案内していった。

この日、清水寺を訪れるというので麻は素顔に紅もつけず、白地の結城絣《ゆうきがすり》を着こなしていた。それでも若い僧たちがちらちらと麻を見た。

老師の僧坊は洛南の町並みが望めるところにあった。

「おお、早速《さっそく》お見えやな」

亮禅がふたりを会釈で迎えながら言った。

「老師、過日の騒ぎが、こちら様にご迷惑をかけたのではないかと案じて参りました」

「そなたの旧藩の大坂藩邸より、武家がおふたり見えましたわ」

「やはりご面倒をおかけ申したようです。申し訳ないことです」

「失礼ながら京のことをなにも知らんなどと言わはって、ほんで騒ぎの経緯も分からんさかいに確かめに来はっただけのことどす。愚僧が見聞したことを話しましたらふたりは魂消てはったな。その話はそれで終わりどす」

と言った亮禅が、

「神守様も女子はんも変わった職と来し方を持ってはりますな。愚僧はこちらに関心を持ちましたんや」

と幹次郎を見た。

「神守幹次郎様は妻仇討の追っ手を逃れて諸国を放浪し、ただ今は江戸吉原の会所の用心棒を務めてはるそうどすな」

亮禅は旧藩の大坂藩邸のふたりから聞いたと思われる話を持ち出した。

「その連れのお方がその女衆ではおへんな」

「加門麻はそれがしの義妹にございます」

「ほう、義妹な」

亮禅が訝しそうな顔をした。

三人の間を沈黙が支配した。

「義兄上、老師にすべてをお話しするのが宜しいかと存じます」

と麻が遠慮げな口調で言い出した。その麻に頷いた幹次郎が、

「老師、長い話になりますが宜しゅうございますか」

と許しを乞うた。

「神守様、年季を無駄に重ねた坊主に残されたんは退屈な歳月どす。なんとのうな、神守様の腕前を見て、旧藩の武家方がうちに見えたんを重ね、神守様と麻様に会いとうなりましたんや」

その言葉に首肯した幹次郎は、豊後岡藩の下士の長屋で生まれ育ったことから、同じ長屋生まれの汀女が借財《しやくざい》のかたに上役の嫁に強引にもらわれていったこと、さらには数年後、汀女の手を引いて藩を抜け、妻仇討として追っ手がかかりながらも十年逃げのびて江戸の吉原会所に辿り着いた経緯を語り聞かせた。

「なんとも驚きいった話どすな、長いこと生きてますけど、このご時世にさような純愛を貫き通す武士《もののふ》がいはったとは」

と老師が感嘆した。

「老師、お話は未だ半分も終わっておりません」

と麻が言い、こんどは麻が吉原に身を落とさざるを得なかった経緯を語った。

「これはようある話や」

「はい、いかにも遊里にはようある話でございます」

「愚僧にも察せられます。あんたはんは武家方の出、利発にして素直な方や。また群を抜いた美形でもおます。京の花街でいう太夫に出世しはりましたか」

老師の推測に麻が頷いた。

「そんな折りのことでございます。吉原が火事になり、私は死を覚悟したことがございます。そのとき、神守幹次郎様が命を張って私を助けてくれました」

亮禅はうんうんと頷きながら聞いていた。

「私のお客様のおひとりに札差の筆頭行司、伊勢亀半右衛門と申されるお方がございました。このお方が隠居をなされ、別宅に静かに余生を送っておられましたが、重い病にとり憑《つ》かれた折り、私は半右衛門様から直に文で余命いくばくもないことを知らされておりました。ですが、私は籠の鳥、私に代わって呼ばれた御仁はこのお方、神守幹次郎様おひとりでございました。伊勢亀のご隠居は、ふたつのことを神守様と当代の伊勢亀様に願われて身罷られたそうです。ひとつは私の身請けでございます」

「なんと、身罷られるお方がそなたを身請けしたといわはるんか」

「はい。その伊勢亀の隠居の代理人を神守様に命じられたのでございます」

「吉原会所の陰の一奉公人にそんなことを」

「神守様は伊勢亀のご隠居の死に立ち会ったあと、代理人として吉原会所の七代目頭取と私のいた楼の主三浦屋四郎左衛門に遺言を伝えられ、多額な身請け金を当代の伊勢亀の主がお支払いになりました。その折りの私の身許引受人が、神守幹次郎様と汀女様夫婦でございました」

麻の話に亮禅は沈黙裡に聞き入った。

「なんという話や」

「老師、今お話ししたようなことはすべてあとから聞かされたことでございます。思いがけなくも身請けをされた私にはもはや帰るべき住まいはございませんでした。私は汀女様の妹として神守家に引き取られたのでございます。そのことで世間にはあれこれと申されるお方がございます。されど義兄上も姉上も、十年妻仇討を逃れ諸国を命がけで旅したおふたりでございます。言わせる者には言わせておきなされと平然としておられます」

「麻様は最前伊勢亀のご隠居が死に際してふたつのことを願わはったと言わはりまへんでしたかな」

「はい、申しました。もうひとつはただ今の伊勢亀の当代の後見役を神守幹次郎様が務めることでございます」

「なに、百余株の札差の筆頭ともいえる伊勢亀の後見どすか」

「老師、後見と申してもそれがし、商いが分かるわけではなし、要は時折りの気分を変えるための話し相手と思し召しくだされ」

「それにしても伊勢亀の親子は、神守様を信頼されたものやな」

亮禅老師がしばし沈思した。

「これまでの話は過ぎ去ったことについてどすな。あんたはん方、ふたりが京に来はったんは、他に事情があるんとちゃいますか」

「ございます」

と麻が応じて、幹次郎を見た。

「もはやかようなことは老師に申し上げるまでもございますまい」

と前置きした幹次郎が、

「武家方の政《まつりごと》はすでに行き詰まっております。札差、両替商をはじめ、商人に禄米《ろくまい》を何年も先まで押さえられ、借財をしておられぬ武家方は少のうございましょう。公儀は倹約緊縮策を繰り返されますが、もはやさような試みでは如何《いかん》ともしがたくございます。官許の遊里吉原も公儀の緊縮策のあおりを受けて、商いはどこも苦しゅうございます」

「でしょうな。この京かて同じ状況どすわ」

老師の言葉に頷いた幹次郎が、

「ただ今の吉原会所の七代目の四郎兵衛様には嫡子《ちゃくし》がおられません。娘御がひとりおられますが亭主は料理人でございます。ふたりの間に生まれるお子が八代目を継ぐには二十年は要しましょう。七代目が隠居を吉原の町名主方に持ち出されると、あれこれと自薦他薦《じせんたせん》がございますが、ただ今の吉原会所を主導するには、それなりの力が要ります」

亮禅老師が、

ぽん

と膝を叩いた。

「つまり神守幹次郎様に八代目という白羽《しらは》の矢《や》が立った」

その言葉に頷いた幹次郎が、

「ただし町名主の中には他所者《よそもの》が八代目になることに反対のお方もございます、当然のことでございましょう」

「そこでしばらく間を置くことを四郎兵衛様は考えはったんやな」

「はい、と申しましても、それがし裏同心に僭越《せんえつ》なる行為あり、一年の謹慎を命ずると申し渡されました」

「ほうほう、それはまた考えはったな」

「それがしはその命をお受けして、その間に遊芸の先輩格である京の島原に向後百年の吉原のため密かに修業に行くことを四郎兵衛様にお願いし許されたのでございます」

亮禅が麻を見た。

「ただ今七代目の娘御の玉藻さんが懐妊中、姉上は玉藻さんに代わって料理茶屋の差配を任されております。暇なのは私だけ、私とて吉原に世話になり、思いがけなくも伊勢亀のご隠居の命で気ままな身になったのです。義兄上が京の花街に修業に行くのならば、私もなにか手伝うことがあろうかと存じ、かように京へとともに参りました」

幹次郎と麻の掻い摘んだ話は終わった。

ふっ
と吐息をした老師が、

「坊主に花街の商いは分からしまへん」

「いえ、花街の馴染のお客様は江戸も京も同じでございましょう。お坊さまこそ、お遊び上手ではございませんか」

麻が笑みの顔で異見を口にした。

「まあ、さような生臭《なまぐさ》坊主もおりますがな」

と応じた老師が、

「で、おふたりは京に来て未だ間もないが、花街に行かはりましたかな」

と尋ねた。

「老師、元吉原の基になった遊里は島原だと聞いています。むろんただ今の浅草裏の新吉原も町の造りから多くの仕来たりまで、島原を見倣ったものでございますそうな。ひと晩だけ島原の揚屋で過ごしました」

「どないどした」

「正直に申して吉原の先行きを見るようで、活気に欠けているようにそれがしも麻も思いました。むろんたった一夜だけで判断するのは無理かと存じますが」

「愚僧にも島原の立地などからみて、吉原が見倣うべき目新しいことがあるんかないんか、いささか疑問に思いますな」

「となると、祇園社の門前町を中心にした辺りでしょうか」

「神守様、なんぞ手蔓がおますか」

「過日、清水寺にお参りした帰り、偶然にも一力亭の前にて祇園の旦那衆の寄合に出くわしました。そのおひとりが三井の大番頭どので、麻のことを承知でした」

「あんさん方は不思議な縁を持ったお方どすな。で、ただ今の話をしはりましたかな」

「いえ、老師に話したような詳しい話はしておりません。されど次の寄合にお出でなされと誘われました。それが明日でございます」

「それは宜しい。祇園の旦那衆ならば、愚僧のこともよう承知どす。名を出されてもかましまへん、悪いようにはせえへんと思います。もっともおふたりは、摩訶《まか》不思議《ふしぎ》な運を持ってはりますよって、愚僧の出る幕はおへんやろ」

と老師が言い、

「いえ、鬼に金棒でございます」

と幹次郎が答えた。

「神守様、坊主と政は繋《つな》がっておらんようで、陰で結ばれておりますんや。江戸に徳川はんの幕府ができてそろそろ二百年や、長く続いた公儀、政体というもんはな、いつ転んでも不思議やおへん。江戸の吉原がそのことを考えて動いてはる。

愚僧は感心しましたわ」

と話を締め括るように老師が言った。

そろそろ暇時《いとまどき》と思ったが幹次郎は話をもとへと戻した。

「それがしの旧藩の面々はこの京でなにをなそうというのでございましょうか。なんぞ口に致しましたか」

「神守様かて旧藩の動きは気にならはりますか」

「豊後と江戸は遠うございます。江戸でのことが豊後では間違って伝えられます。それがしにはもはや藩に戻る考えなど毛頭ございません」

「にも拘わらず過日のように斬りかかられはった」

「はい」

しばし間を置いた老師が、

「神守様の旧藩も内証《ないしょう》が苦しいようやな」

「それがしが下士でいた十数年も前から禄米がまともに支払われたことはございませんでした。ゆえに小金貸しをなす藩士もおりました」

「あんたはんの女房どのの一家もそんな上役に金を借りはって、娘を借財のかたに連れていかれたわけですな」

幹次郎は黙って頷いた。

「あんたはんらが経験したんと同じようなことをこの京で考えてはりますんや」

「どういうことでございましょう」

「旧藩の城下の娘たちを京で遊女として売る算段のために大坂から出向いてきはったんや。それも百姓、漁師の娘ばかりではのうて、あんさんの女房どののような下士の娘までを藩の雇った船で京に連れてくるつもりでな、ぬけぬけと愚僧にさような花街の置屋に口利きしてくれぬかと言わはったんや」

幹次郎は茫然《ぼうぜん》として返す言葉もなかった。

「貧すれば鈍《どん》するです」

「藩は承知のことでしょうか」

「愚僧の推量では大坂藩邸の者らの考えとちゃいますやろか」

ふっ、と息を吐いた幹次郎は、

(大坂藩邸の者とぶつかることも考えられるな)

と思った。同時に旧藩のふたりが亮禅に語った話は真のことであろうかと疑った。

清水寺の帰り道、ふたりは賑やかな参道を通って町へと下りていった。

「幹どの、人というもの、なんとも哀《かな》しいものですね」

「わが旧藩だけであろうと言いたいが、おそらくどこの藩も大なり小なりかようなことを考えていよう。それに」

と幹次郎は言葉を詰まらせた。

「どうなされました」

「われらも同じ穴のムジナかもしれぬ」

「幹どの、違います」

と麻が毅然《きぜん》とした口調で否定した。

「幹どのはこの数年、吉原で必死にさような考えの連中と戦って参られたのです。だからこそ、四郎兵衛様も三浦屋の旦那様も神守幹次郎様の人柄を信じてこの京へと送り込んでこられた。この一年、私どもが考えることは吉原会所の名で女衒《ぜげん》の真似をすることではございません」

と言い切った。

二

この日の宵、離れ屋の一階で幹次郎と麻は、江戸の三井の隠居楽翁と夕餉を摂《と》ることになった。

旅籠の主猩左衛門がふたりの帰りを待っていて、

「神守様、麻様、三井のご隠居のお望みどす。今宵の夕餉はいっしょしてもらえまへんか」

と伝えてきたのだ。

格別に拒む理由もなかった。

幹次郎は麻と目顔で相談して誘いを受けることにした。そこでふたりは湯に入り、気分を変えるために着替えをなすと指定された刻限に離れ屋に向かった。

楽翁が宿泊する離れ屋の一階からは鴨川こそ見えなかったが、たかせがわの手入れの行き届いた庭と東山が望めて、これまた、

「京ならではの一景」

であった。

座敷は控えの間を含めて三間か、八畳間の床の間に枝垂れ桜の掛け軸が飾ってあった。ということは江戸から男衆が従ってきているのだろう。

「ご隠居どの、お誘い有難うございました。遠慮なくお受け致しました」

「いやいや、年寄りの勝手な願いをよう受けてくれました」

と幹次郎の挨拶に応じた楽翁が、

「どうどす、京の雰囲気に慣れはったかな」

と麻の顔を見ながら京言葉を交ぜて尋ねた。

「ご隠居様、私は生涯で初めての京滞在にございます。見るもの聞くものすべて十分に楽しませていただいております。京のお方は江戸のお方よりゆったりとした言葉遣いでございましょう。また仕草も優雅で見倣いたいと思うております」

「加門麻様どしたな。あんたはんの言葉遣いも仕草も京女かて敵わしまへんわ」

楽翁が笑いながら京訛りで言うところに、膳が女衆によって運ばれてきた。そして、猩左衛門もふたたび姿を見せて、

「ご隠居、このおふた方と夕餉をいっしょしたいやなんて、江戸が恋しゅうならはりましたか」

とまず楽翁に言葉をかけた。

「そうでもおへん。今宵は江戸の格別なお客はんが年寄りの我儘《わがまま》に付き合うてくれはります。東山を見ながら贅沢な一夜になりそうや」

と応じた。

猩左衛門が、

「神守様、本日清水はんの老師にお会いにならはりましたか」

と尋ねた。

「面談が叶いました。それにしても昼間は亮禅老師、夕べは三井のご隠居様、われら、緊張のし通しです」

幹次郎の言葉に楽翁と猩左衛門のふたりが微笑んだ。

「ご隠居はん、このおふたり、江戸のお方とも思えまへんな。京に参られて十日も経たんと都の雰囲気に溶け込んではります。そうやおへんか」

「旅籠の主の目利きや。全く京を楽しんではるようや」

と楽翁も笑った。

「三井のご隠居様、主様、これでも義兄とふたり、在所から出てきた者のように京の雅な雰囲気に気圧《けお》されております」

麻の返答に楽翁が、

「猩左衛門はん、なんでもな、頂きを極めたお方はどのような場にあっても堂々としてはると思わへんか」

「ご隠居はんの仰《おつしや》られる通りどす。江戸から来はった初めてのお方が清水寺の老師や祇園の旦《だん》那はん方と知り合うなんて、まず考えられまへん。このおふたりは運をお持ちや」

「お待ちくだされ、主どの。われら、吉原会所の四郎兵衛様の口利き状があったからこそ、こちら様にお世話になることができ申した。われらがふらりと京に来て泊まることができる宿ではござらぬことは重々承知しております。この旅籠にわが主が口利きしてくださったおかげで最前の方々にお会いできたと思うております。京にいて四郎兵衛様の掌で、いいえ、ただ今はたかせがわの主どのの掌の上で動かされている感じにござる」

「はい、たしかにうちは一見のお客人はお断わりしてます。そやけど、うちに泊まってすぐに三井のご隠居と知り合いにならはって、こうして夕餉の膳を前にしてはります。さようなお方はまずいはりまへん」

「江戸であれば無理でございましょう、旅先の京ゆえご縁があったというべきでしょうか」

と幹次郎が応じたところに燗酒が女衆によって運ばれてきた。

「ご隠居はん、神守様、麻様、最初の一杯だけ、うちにお酌《しゃく》をさせとくれやす」

と猩左衛門が三人の杯《はい》に京の酒を注《つ》いで、

「うちはこれで失礼させてもらいますわ」

と離れ屋から姿を消した。

「ゆるゆると頂戴しまひょ」

楽翁の言葉で、

「頂戴致します」

と三人は黄昏どき、灯籠《とうろう》の灯りに浮かぶ庭の景色を眺めながら酒を口に含んだ。

杯に半分ほどの酒を喉に落とした麻が、

「なんとも京のお酒は美味しゅうございます」

と思わず漏らした。

幹次郎も楽翁も麻の言葉に笑みで応えた。

「三井では若い時節に京にて商いを叩き込まれますわ。その折りはただただ必死であれこれと覚えることばかりやし、四十年ぶりに隠居としてふたたび京に来て、食いものや酒が美味しいことに気づかされましたんや。できることなら古女房も同行させればよかったと悔《く》やんでます。いや、幾たびも誘ったんやけど、もはやこの歳で東海道を京に上るなんて無理と言うもんやから、同道するのを諦めましたんや」

と楽翁が吐露した。

「三井の血筋でも京にて修業をなされますか」

麻が尋ねると、

「商いは上方《かみがた》がいちばん厳しおすさかい、三井の主はむろんのこと、血筋であろうとなかろうと、ゆくゆく番頭にと見込まれた奉公人は上方で何年も厳しい修業ををします」

と応じた楽翁が、

「ところで神守様も麻様もこの京に修業に参られたのでしたな」

と江戸言葉に戻し質した。

「はい。吉原の商いは三井様方と異なり、いささか特殊《とくしゅ》でございます。忌憚《きたん》なく申さば、客人に遊女衆が奉仕をなすのが商いでございます。呉服や小間物《こまもの》のように品がございません、かたちなき奉仕をどう売り物にするかでございます。おお、三井のご隠居に言わずもがなの口舌《こうぜつ》をなしてしまいました、お聞き苦しゅうございましたな」

「いえ、どうしてどうして、西国小藩の家来衆が幼馴染とは申せ、人妻の手を引いて藩を抜け、妻仇討の追っ手を逃れて江戸吉原の四郎兵衛会所に夫婦で身を寄せられ、どうやら安住の地と職を得られた由、さような旅をなされたゆえに世間の酸《す》いも甘いも承知なのでございましょう。吉原にようもお慣れになりました」

と楽翁が言った。

幹次郎も麻も、三井の隠居がなぜかように神守夫婦について詳しいか一瞬訝しんだが、四郎兵衛はたかせがわの主とは長年の交流があり、こたびの京行きにも口利き状を書いていた。ゆえに幹次郎のことをおよそ承知と思える猩左衛門の口から楽翁に伝えられたかと推察した。

「恐れ入ります。吉原会所の陰の身、平たくいえば用心棒のそれがしのことをご存じとは驚きました」

「そなた様方とこの旅籠でお会いしてな、話を聞いて江戸で耳にしたことを思い出したのですよ。そなた様のことは札差のさる筋から聞き知っておりましてな」

「正しく申せば吉原会所の四郎兵衛様にわれら夫婦は救われたのでございます」

「そのことを恩義と感じられたか。神守様のなした行いにどれほど吉原は救われましたかな」

麻が大きく頷き、幹次郎は沈黙を守った。

「この私と同じ隠居の身でも伊勢亀の先代は粋なお方やったな。それになにより人を見る目をお持ちどした。神守幹次郎ちゅう人物がただの吉原の用心棒とはちゃうと見抜いてはった。ゆえに薄墨花魁を落籍させる代理人に神守様を立てるという荒業をしはったんや。ただ今も神守様、伊勢亀の後見どすか」

楽翁の言葉に京言葉が交じった。かようなときは、本音で答えなされと命じているように思えた。

「後見と言われましても札差の商いなどなにひとつ知りません。当代とときに会い、雑談を交わす程度の付き合いにございます」

幹次郎の返答にうんうん、と頷いた楽翁の杯に麻が酒を注ぎ、ついでに幹次郎の杯も満たした。

「食しながら呑みながら話しましょうかな」

三人は二の膳付きの膳に初めて眼差しを向けた。相変わらず艶やかな魚や野菜料理が並んでいた。

楽翁は麻の注いだ酒を呑み、

「神守様は一力亭の前で京の三井の大番頭与左衛門はんと会わはったそうやな」

と話柄を転じた。

「祇園の旦那衆の集《つど》いのおひとりとして立ち話を致しました」

「近々寄合に誘われはったんか」

「はい、明日にございます」

「お出でになる心算《こころづもり》やな」

「ようご存じでございますね、ご隠居どの」

「私の供で見習い番頭と手代がひとりずつ従って京に来ましたんや。そのふたりは京の三井で短い間ですが修業をしてますさかい、与左衛門はんが神守様方と会うたことも見習い番頭から伝わりました」

「京は広いようで狭《せも》うございますね」

「そうどす。四郎兵衛様がこの旅籠の主と交流があるちゅうことは、その筋で繋がっていくんはごく自然のことやし」

と言った楽翁が、

「ただし神守様と麻様のお顔の広さと運は格別どすな」

幹次郎も麻も楽翁がただ一夕団欒《いっせきだんらん》のために夕餉に誘ったのではないと感じてい

た。

「神守様、不快やったらそう言わはって宜しおっせ」

「いえ、不快などとは一切思いません。ただ三井のご隠居がなぜそれがし如き陰の者に関心を持たれるのか訝しくは感じております。明日、祇園の旦那衆にお会いするのが、ご隠居になんぞ迷惑でございましょうか」

「迷惑など毛先ほども思ておへん」

楽翁の返答は短く明瞭だった。そして話柄を変えた。

「江戸で流れるそなた様の噂は真のことどすか」

「噂とは、それがしが吉原会所から一年余の謹慎を命じられた身ということでしょうか」

「その通りどす」

「真です」

「ほう、謹慎中の身で加門麻様を同道して京にいはる。その口利き状を四郎兵衛様がこの旅籠の主宛てに持たせはった。いささか不思議どすな」

幹次郎はしばし瞑目した。そして、本日二度目になる話を楽翁に聞いてもらおうと思った。本日の一度目の相手は清水寺の老師亮禅だった。

「ただ今のままでは官許の遊里吉原の先行きは苦しくなるばかりです」

と前置きした幹次郎は、吉原の基となった花街のただ今を見て、修業する曰くを切々と語った。

「ほう、それで島原を訪ねはりましたか」

幹次郎と麻は頷いた。

「で、ただ今の島原はいかがどした」

「われら、たったひと晩しか島原を見ておりませぬ、ゆえに断言するのは畏《おそ》れ多いこととは承知ですが、吉原の近い将来を見るように感じました」

「つまり景気がようおへんか」

「そのようにそれがしも麻も」

「島原は洛中とはいえ、京の繁華な三条辺りから離れてるさかい」

「ただ今の吉原も浅草寺裏にございます」

「島原は御所に近い、元吉原は千代田《ちよだ》の御城に近いとの理由でどんどんと中心から遠くに追いやられていきましたな。それでもなんとか流行《はや》ってきましたがな」

「ご時世で流行り廃《すた》りはございましたが、島原も吉原もなんとか生き延びてきました。されどこの先も続くというたしかな証しはございますまい」

「なんの商いでも時世に合わせ、そやな、一歩先を進む改革が要りますな。それを怠《おこた》ったら商いは潰れます」

「四郎兵衛様も楽翁様と同じ考えを持っておられます」

「つまり吉原の改革のために神守幹次郎様と麻様が京に来はった」

と言った楽翁が不意に黙り込み、

「四郎兵衛様はうちと同じ歳とちゃうやろか」

と呟いた。

「おそらく同じお年ごろかと拝察致します」

「四郎兵衛様のお子は娘やったな」

「はい、玉藻様と申されて、昨年幼馴染の料理人と所帯を持たれました」

「料理人どしたか、婿《むこ》どのは」

「はい」

楽翁が手にしていた杯の酒を呑み干した。

「分かりましたわ」

「なんのことでございましょう」

と幹次郎が問い返したのはいくら四郎兵衛と旅籠たかせがわの主が深い付き合

いとはいえ、吉原会所頭取の話まではしまいと考えていたからだ。

「神守様は、吉原会所の陰の身、そして失態をしはったと言わはりましたな」

「はい、さよう申し上げました」

「ほんなら、四郎兵衛様が陰の身を馘首《かくしゅ》するのはひと言で十分どす。そやけどそれをせんと一年の謹慎を表向き命じはって、その実、ふたりを京に出向かせはった。ちゅうことは京の花街の修業とは別に、一年ばかり吉原会所は、いや、四郎兵衛様は時を稼ごうとしてはるとみましたがどうどすか」

しばし沈思した幹次郎はこくりと頷いた。

「つまりおふたりの京滞在には、花街修業の他になにか事情がある、どうどす、この年寄りの考えは」

「ご隠居のご明察の通りです。四郎兵衛様には跡継ぎがおられませぬ。吉原の浮き沈みは吉原会所の在り方にかかっております。私利私欲の妓楼や引手茶屋の跡継ぎが八代目になったとしたら、吉原の凋落は島原より先かもしれませぬ」

「四郎兵衛様の味方はいはりますかな」

「五丁町の町名主筆頭、三浦屋四郎左衛門様と四郎兵衛様は、お互い腹の内が分かっておいでです。ですが、残り六人の町名主は、その時々の利欲によって動かれましょう」

「七代目と三浦屋の主が元気なうちはな、吉原会所は宜しい。そやけど、跡継ぎがいないことが差し障りどすな」

幹次郎は黙って頷いた。

楽翁がしばし間を置いた。

「四郎兵衛様と三浦屋はんは、吉原会所の八代目を神守幹次郎様に内々に決めはった」

楽翁はそのことを知ってか知らずか口にした。

「いえ、吉原の町名主の寄合でそれがしが八代目になることを打診なされました。ところがよそ者を吉原会所の頭取にするなどもっての外《ほか》と申される町名主がおられ、強硬に反対なされたそうな」

「およそ事情が分かりましたわ。この数年、神守様の働きは吉原会所にとって大きいということは呉服屋の隠居にも分かるさかいにな。四郎兵衛様は、神守様不在の吉原がどのようなもんか、妓楼や茶屋の主たちに経験してもらおうと思ってはる」

「ご隠居、それがしがなにがしか手柄を立てたとしたら、四郎兵衛様や三浦屋の旦那方の力添えがあったからです。それがしは陰の者ゆえ大胆なこともできました。八代目に就いて、七代目と同じことができるかどうか、それがし、自信がござらぬ」

「とは申せ、すべてを呑み込んで京に来はった」

「はい」

「手ぶらでは江戸に戻れまへんな」

「はい」

楽翁が不意に気づいたように、

「麻様は未だ夕餉に箸をつけてはりまへんな。堪忍え」

楽翁がぽんぽんと手を叩くと、

「羹《あつもの》と酒を頂戴しましょうかな」

とふたりに言い、

「神守様、麻様、明日な、一力に行きなはれ。その前に大番頭の与左衛門はんにな、文を届けときます。まあ、年寄りのお節介どす」

と笑った。

長い夕餉になった。

三

同じ日のことだ。

江戸の吉原では女裏同心の嶋村澄乃が吉原会所の老犬遠助を供に独り夜見世の見廻りに出ようと敷居を跨いだ。

すると夜桜が目に入った。花魁道中が仲之町を水道尻《すいどじり》のほうから大門に向かって、馴染の客を迎えに来る気配がした。

澄乃に南町奉行所隠密廻り同心村崎季光が声をかけた。いつもより八丁堀への帰宅が遅かった。

「年寄り犬と廓内の見廻りか。わしが付き合おうか。相棒の裏同心どのが謹慎中ゆえ、老いぼれ犬が頼りとあっては」

「村崎様、町奉行所の同心様自らの廓内の見廻りなど絶えてないことでございましょう。畏れ多いことでございます」

と澄乃が断わった。

「八丁堀に戻ったとて、病が道楽の老母と口やかましい古女房が待っておるだけだ。早く戻ったところで嬉《うれ》しくもない。偶には若い娘と廓内を見廻るのも悪くない」

「そう申されるお方に限って家の中は円満でございましょう。どうぞ夜見世の警固は会所にお任せになってご帰宅ください」

と澄乃が重ねて願った。

「わしとて面番所の隠密廻り同心、廓内の安全については責任があるでな。女裏同心と年寄り犬だけで見廻りに行かせられるものか」

村崎同心は八丁堀に戻りたくないのか、執拗《しつよう》に言った。

「村崎の旦那、慣れないことをすると火傷《やけど》しますぜ。澄乃のことは承知とは思いますがね、亡き親父《おやじ》どのから鹿島新当流《かしましんとうりゅう》を習い、腰に巻いた麻縄《あさなわ》を手にしたときには、ふたりや三人の男どもはあっさりと叩きのめされますでな、村崎様がどのような魂胆をお持ちか知りませんが、さっさと八丁堀にお引き上げなさいませ」

番方の仙右衛門がいつの間にか姿を見せて村崎同心に忠言した。

「番方、忘れておらぬか。吉原会所は町奉行所の監督下にあるということをな、つまりは面番所のわれらが会所を差配し、裏同心なる曖昧な雇員《こいん》の存在に目を瞑《つぶ》って許しておるということをな。なんだ、そのほうの言葉遣いは、上役に応じる言葉か」

「村崎様、さようなことは耳にタコ、重々承知です。澄乃は神守様が謹慎中、大事な吉原会所の戦力ですからな、われらも気を配っております。村崎様の力を借りずともなんとか会所でやり繰り致します」

「おお、それだ。神守幹次郎が放逐されたという噂について、調べたか」

「探ってみましたがね、正式な決まりなのかどうかすら分かりませんや。そのうちはっきりと致しましょうな」

「番方、もはや柘榴の家には神守はおらぬという噂が流れておる。あやつ、ふたたび浪々の身になって川向こうの裏長屋なんぞに暮らしているのではないか」

「そんな馬鹿な」

「と一概《いちがい》に言い切れるか」

「だってよ、女房の汀女先生が未だ吉原と関わりを持って手習い塾をされてよ、浅草並木町の料理茶屋の女主をしておられますぜ」

「だからよ、七代目の娘の玉藻が赤子《あかご》を産んで仕事に復帰するまでお情けで勤めておられるのではないか」

ふーん、と鼻で返事をした仙右衛門が、

「まあ、吉原雀の噂話など当てになりませんな。それより村崎の旦那が会所の女裏同心を口説《くど》いていたなんてことが八丁堀に伝わると女房様がどう反応なされますかな」

「じょ、冗談を言うでない。南町奉行所隠密廻り同心、女房のひとりや二人御《ぎょ》し切れぬと思うてか」

と言い放った村崎が辺りを見た。するとすでに澄乃と遠助の姿が仲之町の奥、水道尻へと向かっており、村崎が舌打ちした。

「おや、なんぞ不快なことがございましたかな」

「澄乃がいつの間にかおらんではないか」

「だからさ、八丁堀にお帰りなされ、それが家内安全のコツですぜ」

と番方に引導を渡された村崎同心が渋々小者を伴い、大門を出ていった。

そのとき、澄乃は水道尻の火の番小屋の新之助《しんのすけ》に会っていた。

「やっぱりよ、神守の旦那がいないのは寂しいよな、それにしてもなぜ神守様が一年も謹慎なんだ」

「新参の私風情では分かりませんよ」

「謹慎が放逐に変わったなんて風聞も飛んでいるぜ」

「新之助さん、噂を信じてあれこれ考えるのは無駄よ」

「いや噂の出所がな、気にかかる」

「どういうこと」

「この話の出所は三浦屋の男衆というぜ」

「なんですって」

吉原会所の七代目頭取四郎兵衛と大籬三浦屋の主四郎左衛門は肝胆《かんたん》相照らす間柄だ。このふたりがしっかりと手を組んでいるかぎり、吉原は小動《こゆるぎ》もしないはずだった。神守幹次郎の謹慎が吉原会所放逐に変わったという噂が三浦屋の周辺から廓内に流れたとしたら、

(真実かもしれない)

と澄乃は一瞬思った。

「澄乃さんよ、神守様はなにをしでかして吉原会所から謹慎一年を命じられたんだ。おれが吉原と関わりを持って日は浅いがよ、神守様が吉原のために手柄を立てたことはあっても、吉原に損《そん》をさせたり面倒をかけたなんてことはないぜ。桜季さんの一件だって、最初はなんて横暴な仕打ちかと思ったがよ、人柄の変わっ

た桜季さんは結局三浦屋の振袖新造に戻ったばかりか、今では高尾様の花魁道中に加わってなさる。吉原雀の話だとよ、桜季さんは三浦屋の次の米びつだっていうじゃないか」

ふたりが話す前を三浦屋の高尾太夫の花魁道中が通り過ぎていき、その一行の中に振袖新造の桜季の笑みを湛《たた》えた顔があった。

「この一件、私にも分からないことだらけよ。といって柘榴の家に訪ねていって事情を訊くなんて私の分際《ぶんざい》ではできないわ」

「その柘榴の家だがよ、汀女先生と小女のおあきのふたりに猫の黒介と仔犬の地蔵だけというじゃないか。麻様も実家の屋敷に帰られたそうだな、そう聞いたぜ」

「新之助さんたら、私より吉原奉公が短い割には物知りね」

「澄乃さんよ、皮肉を言いなさんな。わっしのように足の悪い番太だとな、吉原の奉公人だろうと客だろうとつい不用心になってよ、なんでもべらべら喋《しゃべ》るのよ。そんな話からこれはと思うものは澄乃さんに伝えてきたぜ」

「どうやらなにか話したいことがありそうね」

「ないこともねえ。だが、こいつはあまりにも曖昧としてやがる」

しばし新之助の顔を凝視していた澄乃が、

「だれから聞いたの、話の出所は言えないかしら」

「吉原に見慣れねえ在所者の旦那がだな。おれんところに入ってきて、一服煙草を吸わせてくれというのさ。五十前後かね、格別に魂胆がありそうもねえ。だからよ、番小屋に入れて煙草盆を出したのさ。するとおれの足を見て、どうしなさった、と訊くからよ、嘘をこき混ぜて身の上話をしたと思いねえ。すると在所者の旦那が、いきなりよ、こう訊いたんだよ」

「……若い衆、吉原に大見世は何軒あるか教えてくらんし」

「大籬かね、さあて数えたこともねえが二十数軒かね」

「その中でも一番の大見世はどこかや」

「そりゃ、京町《きょうまち》の三浦屋さんだろうぜ、最前見かけた花魁道中の高尾太夫を抱えていなさるからね」

「大見世の三浦屋を買うとしたら小判《こばん》はいくらいるかや」

「はあー、おまえ様、女郎《じょろう》を買いに来たんじゃねえのか。大籬の三浦屋を買い取る気か、諦めな。銭じゃねえ、三浦屋は元吉原のころからの老舗だ。三浦屋を買うと言ったら、鼻で笑われて、お引き取りください、と言われるな」

「そうか、そうだろさ。よし、ならば三浦屋と同じ格式があってよ、大見世で買えそうな妓楼はねえかや」

「旦那、本気か」

「兄さん、本気さ。金のことを疑っているかさ。おいの先祖は佐渡島《さどがしま》の鶴子銀山《つるしぎんざん》の山師《やまし》のひとりでな、佐渡の船問屋《ふなどんや》でもあったし、その上、山持ちでもあったさ。その山から金《きん》が出てなあ、すると慶長八年に佐渡奉行大久保長安《おおくぼながやす》様の管轄《かんかつ》に置かれたっちゃ。つまりは公儀がうちの山をただ同然で奪い取ったということさ。それでも爺様の代まで隠し金山を持っていたから、その金でな、江戸で最後の商いがしたくなったもんで。兄さんが、老舗の大見世を探してきたらよ、番小屋の番太なんぞせんでいいように、大金をくれてやるさ」

「旦那の名はなんだ」

「心当たりはあるかさ。佐渡におるときは船問屋荒海屋金左衛門《あらうみやきんざえもん》だ、おいで八代目だ」

新之助は相手がほら話をしているか本気か分からなかった。

「本気にできねえか。この金の延板《のべいた》を触ってみねえ」

と客が懐から一枚の金の延板を出して新之助に触らせた。年季ものらしく、いささか黒ずんでいたがずしりと重い延板だった。そして、葵《あおい》の紋《もん》が刻まれていた。

「本物かね」

「兄さん、信じてくらんし。こいつを質屋に持っていけば」

「小判何枚になる」

「いや、捕まるな、並みの延板ではねえっちゃ。公儀にとって町人が所持していてはいけねえ延板なもんし。吉原で一番の売れっ子花魁の落籍金は、せいぜい千両か、そこいらだっちゃ。おいは大見世の楼主になりてえのさ」

新之助は間を置いて考えるふりをした、いや、必死で考えていた。この眼前の客が詐欺師《さぎし》か、本当に大籬の主になりたい人物か判断がつかなかった。

「金左衛門さんといったかえ、その延板をおれに預けるわけにはいくまいな」

いいっちゃ、と金左衛門があっさりと言った。

新之助は金の延板が三百匁（約一キロ）の重さはあると推量した。浅草の奥山《おくやま》でいろいろな道具を使い、芸をやってきた新之助だ。延板が本物だと感じていた。

「ただし兄さんがおいに売ってもいい大見世を見つけてきたときのこっだや」

「わ、分かった」

と応じた新之助は、

「いつまでに当てを見つければいい」

「三日だけ待つ。その折り、当てのないときには、兄さんは生涯番太で暮らすことになるのお」

と金左衛門が言った。


「……澄乃さん、この話、どう思う」

と新之助が話を終えて訊いた。

「信じられないわ。ただし吉原というところ、なにが起こっても不思議はない」

「だよな」

「三日後っていつのこと」

「明日の夜見世が始まる刻限に荒海屋金左衛門と名乗った御仁がこの番小屋に来るそうだ」

澄乃はしばし沈思し、

「神守様がおられれば相談できるのに」

と思わず言っていた。

「おれもそやつと会って以来、同じことを何度考えたか」

「新之助さん、金次第で大籬を居抜きで売る当てを見つけたの」

こんどは新之助が沈黙し、うんと頷いた。

「どこなの」

澄乃にとって番太の新之助がそのような老舗の大籬を見つけてきたことが信じられなかった。

「そいつは今のところ言えねえ。荒海屋金左衛門さんに伝えて話が進むようならばむろん澄乃さんに話す。といって、おりゃ、大金なんて欲しくねえ。いや、欲しいには欲しいが、この話自体が信じられないんだ」

「当然よ」

と言った澄乃は、

「明日までふたりだけの内緒ごとにするべきかしら」

「どう思う、澄乃さんよ」

「四郎兵衛様だけには話しておいたほうがいいと思わない」

「笑われねえか」

「あるいは本気と考えられるか、そうなると吉原会所に一刻も早く知らせねばならないわ」

「よし、その一件、澄乃さんに任せる。四郎兵衛様の判断に従い、その指示に従う」

と新之助が言い切った。

水道尻の番小屋の前で新之助と別れた澄乃は、頭が整理し切れないまま歩き出した。すると遠助が先に立った。豆腐屋の山屋《やまや》に向かおうとしているのが澄乃には分かった。

遠助はもはや山屋に桜季がいないことを承知していた。だが、山屋に行けば、おからをもらえると思っていた。なにより遠助を自分のうちの犬のように可愛がってくれることを理解していた。

「おお、遠助、来たか」

と文六《ぶんろく》が揚げたての油揚げをちぎって、ふうふう吹いて冷まし、遠助の口に持っていった。

「売り物なのに、遠助ったら贅沢ね」

「油揚げくらいなんでもないよ」

と応じた文六が、

「澄乃さん、寂しいね」

「未だ慣れないの、桜季さんがいなくなったことに」

「いや、そうじゃねえよ。神守幹次郎様の一件だ。神守様がなにをしてよ、謹慎だ、放逐だって話にならなきゃならないんだ」

「私にも分からないの」

「こりゃ、なにかウラがあるぜ。といってもなんの想像もできないがよ、桜季さんのいる三浦屋の旦那は承知だろうね」

「かもしれないけど、私は神守様じゃないの、貫禄不足よ。三浦屋の旦那様に訊けないわ」

「だからよ、桜季さんは知らないかね」

「桜季さんね、でもただ今の桜季さんを巻き込みたくないわ。だって必死で高尾太夫のもとで振袖新造の務めを果たしておられるもの」

「そうだな、巻き込むのはよくないな」

遠助は油揚げを半分ほどもらい満足げな顔で澄乃を見た。

「もういいの」

と澄乃が遠助に言うと、遠助が天女池《てんにょいけ》のほうへと蜘蛛道を歩き出した。

澄乃はだれもいない野地蔵の前で幹次郎の無事を祈って手を合わせた。

遠助は澄乃が合掌している間、じいっと待っていた。

「待たせたわね」

と澄乃が遠助に声をかけたとき、不意に蜘蛛道の入り口の一本に向かって激しく吠え出した。

澄乃も吉原会所に勤め始めて幾たびか体験した、

「殺気」

を感じていた。

神守幹次郎が謹慎の沙汰を受けたのち、初めてのことだった。だが、遠助の吠え声に殺気は、すっ、と薄れていった。

四半刻後、澄乃は四郎兵衛と対面していた。

殺気を感じたあと、別の蜘蛛道を遠助と抜けて吉原会所に戻りついた澄乃は、会所で留守番をしていた番方に断わり、四郎兵衛の座敷に通ったのだ。

「どうしなすった」

四郎兵衛が澄乃に質した。

澄乃はまず新之助から聞いた話をできるだけ詳細に語った。そして、

「新之助さんもこの話をまともに聞いてよいかどうか迷っておられました」

「そりゃそうでしょうな。佐渡銀山の山師の家系とは眉《まゆ》に唾《つば》をつけて聞いても信じられますまい。その上、葵の御紋を刻んだ金の延板ですか。重さはどれほどですかな」

「新之助さんは三百匁と推量されていました」

「その荒海屋金左衛門と新之助が会うのは明日の夜見世の刻限ですな」

「はい。新之助さんには思い当たる大籬があるそうです。となると延板を預かることになるやもしれません」

四郎兵衛が澄乃の顔を見て、

「なんぞ心配がございますかな」

「関わりがあるかどうか分かりませんが」

と前置きした澄乃が番小屋から山屋を経由して天女池に行き、野地蔵の前で遠助が急に吠え出したことと、殺気を感じた話をした。

「おそらく新之助が聞いた話と殺気は関わりがございましょうな。どうやら、厄

介ごとが吉原に降りかかったと思えます」

「この話、番方たちにお話しになりますか」

「ひと晩考えさせてくれませんか。それから決断しても遅くはありますまい」

と四郎兵衛が言い切った。

四

翌未明、幹次郎は鴨川の河原に出て、人影のない場所を探して津田近江守助直を使って稽古を繰り返した。

一刻《いっとき》（二時間）ほど抜き打つ動きのあと、納刀した。

旅籠たかせがわに戻ると、主が、

「暗いうちから剣術の稽古とは熱心どすな。うちは剣術は分かりまへん。けどな、一芸に秀《ひい》でた人の動きは分かります。吉原会所の四郎兵衛はんに信頼されたんは、人柄と見識と剣術の腕前だっしゃろ。その神守様が京で花街の修業をどうしたらええか、迷いますな。神守様はなにやかにや言うてもお侍さんどす。刀を携えたまま花街の修業は無理やろな」

と改めて言った。

「猩左衛門どの、本日、祇園社門前町の旦那衆にお会いして虚心坦懐《きょしんたんかい》に相談してみます。むろん花街で修業を許された折りは、刀は携えず町人の形《なり》でどのような教えにも従う覚悟はできております」

うんうんと頷いた猩左衛門が、

「麻様と同じ置屋や揚屋で住み込み修業をしはるお積もりどすか」

「いえ、男のそれがしと麻では、向後の生き方も違います。ゆえに修業の場が違いましょう。この一年、別居して修業をするのも厭《いと》いませぬ」

「ええ覚悟どす、それでこそ修業や」

と言った猩左衛門が、

「祇園の旦那衆は、祇園社の祭礼を通じて長い関わりがおます。その上、大半の旦那が花街に関わりをお持ちや、忌憚のう話してみるこっちゃ。京の商いのやり方、もてなしと江戸のそれはちゃうと思いますけど。神守様と麻様ならば、そのことを承知で京にお見えになったんや。きっとあんじょう慣れはるやろ」

と言った。

「猩左衛門どのに重ねてお尋ねしますが、われらが過日お会いした祇園の旦那衆は祇園社の祭礼を通じてのお付き合いでございますな。揚屋や置屋の旦那ばかりではありませんかな」

「花街の旦那はんだけではおへん、ゆえに京の三井の大番頭はんが加わってますんや」

その返答にしばし沈思した幹次郎が、

「猩左衛門どのが申されたように、忌憚なく教えを乞う積もりで旦那衆にお会いしてきます」

「それが宜しおす。というのもな、祇園かて花街ばかりやのうて、どんな商いも儲かっているとこは少のうおましてな、苦労してはります。江戸の吉原のおふたりが京に修業に来はったんは、旦那衆にとっても刺激になりますやろ」

と猩左衛門が言い切った。

話し合いのあと、幹次郎は朝湯を浴びて身をさっぱりさせた。部屋に戻ると麻が、

「こちらの女将さんが髪結《かみゆい》を呼んでくれました。幹どのも髷を結い直してもらい、一力に参りましょうか」

「麻、それがしは旅装束《たびしょうぞく》でもかまわぬが、そなたはそうもいくまい。着物をど

うするな」

「たかせがわの女将さんと相談し、この時節らしい着物をお借り致しました。少し落ち着いたら、越後屋さんに行って京での修業中の衣装を何枚か揃えます」

「そうじゃな、本日の話次第では、それがしもそなたも修業先が決まるやもしれぬ。その修業先にふさわしい時節の衣服を用意しようか」

と幹次郎が応じたとき、たかせがわに出入りと思える女髪結が女衆に案内されて姿を見せた。二十代後半か三十過ぎの髪結だった。ふたりの髷をちらりと見て取った髪結が、

「旦那はんから始めまひょか」

と言い、廊下にその場を手際よくつくった。たかせがわのような旅籠の出入りに慣れているのだろう。

「お願い致そう」

「お侍はんどすな」

「いかにもさよう、侍の頭は触らぬか」

「たかせがわはんの代々の出入りどす。ときにお武家はんもいはりますさかい、髷をいじらせてもらいます。それでようおすか」

願おうと、幹次郎は座に腰を落ち着けて目を閉じた。

風呂上がりに頭髪をいじられるのは気持ちよいものだ。いつしか眠っていたのか、気づくと髷が結い直され、髭《ひげ》までさっぱりとしていた。

「おお、ついうとうととしているうちに整えてもらったな」

幹次郎が応じていた間に湯を浴びた麻が浴衣姿で湯殿から戻ってきた。

「おや、義兄上、なかなかの男っぷりに仕上げていただきましたね」

「あまりにも気持ちがよくてうたた寝してしまい気づいてみると、それがし、さっぱりとした頭にしていただいておった。麻、そなたも京風の髪型にしてもらってはどうだ」

「京の流行りの髪型が似合いましょうか」

と麻が幹次郎と代わって座に着いた。

「麻様は義妹はんどしたか。それにしてもきれいなお髪《ぐし》どすな、なかなかかような黒髪の女衆は京にもいはりまへん」

「髪結さんのお名前はなんと申されます」

口上手の髪結に麻が尋ねた。

「ゆいどす、先は女髪結と決めつけて、えろう容易くゆいと婆様《ばあさま》につけられたそうどす」

「髪結のおゆいさんですか。京には花街に舞妓さん、芸妓さんと見目麗しいお方がたくさんおられます。江戸から旅してきた私の髪は、日差しと旅塵に傷《いた》んでおりましょう」

「麻様、近ごろな、京の舞妓はんも芸妓はんも在所の方が増えましたわ。白塗りして紅をはいて、やっと見られますんや。麻様の髪はなんとも艶やかどす」

「誉めていただいて有難うございます。京に比べて江戸は武骨な武家方の都です。京に来て見るもの聞くもの、すべて珍しく楽しんでおります」

「なによりどす」

と麻と話しながら見事な髪型とあっさりとした化粧に仕上げてくれた。鏡を見せられた麻が、

「この顔が私ですか、別人を見ているようです」

「麻様は格別やわ、うちもかようなおつむとお顔をいじらせてもろて光栄どす」

と応じた。その口調から旅籠の主か女将に麻の出自を聞かされていたかもしれないと、麻は察した。そして、

「江戸は金使いです、持ち合わせが江戸の貨幣しかございません。お許しくださ

い」

と麻は前もって用意していた、一両小判を包んだ懐紙を渡した。

「銀かて金かてかましまへん」

とゆいが懐紙を受け取り、驚きの顔で麻を見た。

「麻様、過分とちゃいますやろか」

女髪結の値段はせいぜい高くて二百文だ。吉原や町人の女でも飾髪などの場合、値は張った。それにしてもふたりの髪結で一両は格別だ。

「おゆいさん、これから世話になることもありましょう。今後とも宜しゅうお付き合いくだされ」

麻は髪結の心証をよくすることが後々役に立つことを吉原で学んでいた。

「おおきに、いつでも呼んでおくれやす」

とゆいが喜びの表情で道具を片づけ始めた。

幹次郎はたかせがわに駕籠を呼んで麻を乗せた。偶然にも嵐山に麻を乗せていったのと同じ駕籠舁きだった。

「お侍はん、女主はん、元気どしたか」

と先棒が挨拶した。

「京を楽しんでおる。本日は遠出ではない、祇園の一力まで願おう」

「へえ、任しておくれやす」

と馴染になった駕籠舁きがゆっくりと高瀬川沿いに木屋町を四条橋へと向かった。

「一力亭に昼間から遊びどすか」

「いや、祇園の旦那衆にお目にかかりに参るのだ」

「祇園の旦《だん》那さんに修業の願いどすか。そりゃ、しんどいこっちゃ」

幹次郎に先棒が応じた。むろん幹次郎もそのことは覚悟していたが、夕刻までの長時間の集いになろうとは、考えもしなかった。


同じ日の七つ、昼見世が終わった刻限に四郎兵衛は嶋村澄乃を座敷に呼んだ。

「なんぞ御用でございましょうか」

「最前の件です。なんとのう気になります。番太の新之助の様子を確かめてくれませぬか」

「と申されますと、新之助さんの話、怪しゅうございますか」

「いえ、違います。そなたが感じた殺気の矛先《ほこさき》が新之助に向けられるとは思いませぬか」

はっ、として、

「見廻りのついでに番小屋に立ち寄った風に新之助さんの顔を確かめてきます」

と応じた澄乃に四郎兵衛が、

「会所に戻らず隣の茶屋の台所で履物を借りて裏口から蜘蛛道伝いに行きなされ」

と命じた。

澄乃は玉藻に願って草履《ぞうり》を借りて、引手茶屋山口巴屋の裏口から蜘蛛道に出た。吉原会所の隣、七軒《しちけん》茶屋の山口巴屋は四郎兵衛の持ち物だ。会所と山口巴屋は隠し戸で往来ができた。むろんこの仕掛けのことを承知の者は限られていた。

いったん蜘蛛道から西河岸《にしがし》（浄念《じようねん》河岸）に向かった。こたびは遠助の供はない。

「澄乃さん、見廻りかえ」

局見世《つぼねみせ》（切《きり》見世）の一軒、初音《はつね》がかつていた三軒先の主、おいわが声をかけてきた。

「まあ、そんなところですよ、おいわ姐《ねえ》さん。なんぞ桜季さんや初音さん、いや、おいつさんに言づけがありますか」

「局見世から五丁町に鞍替《くらが》えしたふたりには話なんぞありゃしないよ。おまえさんに用事さ」

おいわの言葉には諦めとも悔しさともつかぬ感情が込められていた。

「えっ、私にでございますか」

「半刻も前かね、風体の怪しげな男がさ、おまえさんのことを根掘り葉掘り訊いて回っていたんだよ。あやつはただ者じゃないね、一度や二度くらいさ、小伝馬《こでんま》町《ちょう》の牢屋敷の臭いめしを食った手合いだね」

「おいわさん、私のなにが知りたいというのです」

「あらいざらいさ、いい加減なつくり話で追い返したがね。とはいえ、おまえさんに惚《ほ》れたはれたの話じゃないね、懐に呑んだ匕首《あいくち》にものを言わせようという輩だね」

「ひとりでしたか」

「ひとりだったが、あやつには必ず仲間がいるね。覚えがあるかね」

「会所勤めならばだれしもひとつや二つ」

「あるというのかえ。だけどさ、頑張り過ぎると神守の旦那のようになっちまうよ。あっさりと謹慎だか、閉門だかになったと思ったら、放逐になったたってね。吉原会所の勤めもほどほどがいちばんだよ」

澄乃はただ頷いた。

「あやつはまた戻ってくるね、気をつけな」

「おいわさん、有難う」

と礼を述べた澄乃は開運稲荷社《かいうんいなりしゃ》の前で一礼して水道尻の番小屋に急いだ。だが、すぐには番小屋を訪ねず、仲之町のいちばん端にある引手茶屋一橋《いちはし》の板壁の陰から火《ひ》の見櫓《みやぐら》と番小屋を凝視した。

昼見世が終わった刻限だ。

水道尻辺りに人影はなかった。

澄乃はそれでも板壁にへばりついて番小屋を眺めた。番小屋の内外に緊張がある様子はなかった。それでもしばらく様子を見た末に、澄乃はふらりと仲之町に出ると火の見櫓に体を隠しながら、番小屋の引き戸を開けて、

するり

と潜り込んだ。

すると新之助が口に竹筒を咥《くわ》えて、唖然とした顔で澄乃を見た。

澄乃は新之助が口に咥えたのが吹き矢であることを見て取ると、

「よかった」

と呟いた。

「なにがよかったんだ。澄乃さん、まさか刻限は早いがおれのところに夜這《よば》いに来たんじゃやねえよな」

と吹き矢を離して言った。

「調子に乗らないの」

「だろうな。としたらなんの真似だ」

「最前の話よ」

「佐渡の山師の話か」

頷いた澄乃は四郎兵衛だけに伝えたことを告げた。

「七代目は笑い飛ばされたか」

「ひと晩考えると言われたんだけど、最前呼ばれて、新之助さんになにごともないか密かに確かめてこいと命じられたのよ」

「なにっ、七代目はこの話を本気にされたか」

「半信半疑だけど、用心に越したことはないと思われたみたいよ」

「そりゃ、澄乃さんに面倒かけたな。見ての通り、おりゃ、無事だぜ」

「じゃあ、その吹き矢はなによ」

「これか、奥山のころを思い出してよ、子供の玩具《おもちゃ》を作ってみたのよ」

と言った新之助が二間先の五寸（約十五センチ）の円形の的《まと》に向かって吹いた。

竹製の矢が飛んで見事に的の真ん中近くに突き立った。

「なんでそんな玩具を作ったの」

「まあ、護《まも》り道具だな」

「佐渡の爺様の話を半ば信じているんじゃないの」

「ということになるかな。えらいところを女裏同心に見られたぜ」

と新之助が苦笑いした。

「いや、悪い考えじゃないわ」

と応じた澄乃は、西河岸のおいわから聞いたばかりの話をした。

「なんだって、澄乃さんが狙われるんだ」

「新之助さんが私にその一件を伝えたと考えた人物がいるのよ。おいわさんのところに顔を出した遊び人風の男なんて使い走りよ」

しばらく沈黙していた新之助が、

「驚いたぜ」

と漏らし、ふたりは顔を見合わせた。

「佐渡の山師の爺様はまさか神守様が吉原からいなくなったのを見計らってこの話を進めているんじゃあるまいな」

「荒海屋金左衛門といったかしら。この爺様が神守様のことを知ったのは、おそらくつい最近のことよ」

「だろうな」

「新之助さん、あなたが佐渡の爺様の話を聞いて、あそこなら、と思った老舗の大籬は、新之助さんの伝えた話に乗りそうな感じなの」

それだ、と新之助が返事をしてしばし間を置いた。どこまで澄乃に話していいか考えている風だった。

「この話を七代目にしたたと言ったな。四郎兵衛様はおれが当てにしている老舗の大籬に思い当たる風だったか、それとも知らねえ様子だったか」

「なんともあの表情からは読み取れないわね。ただ」

「ただ、どうした」

「四郎兵衛様は新之助さんの様子を見てこいと私に命じたのよ。なにか思い当たることがあるのかもしれないわ」

「だな」

と言った新之助が、

「こんなときよ、神守様がいればな、心強いんだがな」

「いない人のことを頼りにしても仕方ないわ。私たちだけでやるしかないのよ」

澄乃の言葉に新之助が頷いた。

「今もこの番小屋は見張られているかもしれないわ」

新之助がこくりと頷き、

「入るのを見られたか」

「それはないと思う。四半刻も番小屋の周りの様子を見て入り込んだのよ」

「おれも気づかなかったもんな。だが、出るときはやばいぜ」

と言った新之助が板の間の先の三畳間に這いずり込み、奥の畳を一枚上げた。

「ここから出ると開運稲荷の路地の傍だ」

と澄乃に秘密の逃げ道を教えた。

「有難う」

澄乃は玉藻から借りて履いてきた草履を手に床下に潜り込み、

（神守様、どこにいるの）

と思った。

第五章　危難あり

一

四条通の一力茶屋の寄合は、三井の大番頭与左衛門が口火を切った。

「このおふたりな、過日の問答でなんとのう察せられたと思いますけど、ここにおられる揚屋や置屋の旦那衆と同業や」

「ほう、三井はん、この前もなんやら言わはったな、ほんまどすか。おひとりはお武家はんどっせ。女衆は、今すぐでも祇園の芸妓はんとしてかて、売り出せますがな」

と祇園社門前町の置屋、河端屋《かわばたや》の芳兵衛《よしべえ》が言った。

「河端屋はん、芸妓は美形やからいうてなれしまへんわ。歌舞音曲、和歌に茶道、あれこれと見識がおへんと無理や」

と建仁寺近くの揚屋一松楼《いちまつろう》の数治《かずや》が言い出し、

「まあ、その通りやがな、加門麻様といわはったかいな、武家の生まれで東国にかようなはんなりした女衆がいはるんかいな、驚きましたわ」

と河端屋芳兵衛が言い、三井の大番頭与左衛門を見た。

「京にな、江戸の三井のご隠居の楽翁はんがお忍びでお見えなんどす。その楽翁はんから、うちに宛てて文が届きましてな、神守幹次郎様と加門麻様の出自と関わりを伝えてきはりましたんや」

「というと、過日、漏れ聞いた立ち話は本気どすか」

幹次郎が頷いた。

「魂消たわ。吉原から京に花街修業やなんて、聞いたことおへん」

一力茶屋の女将水木《みずき》が改めてふたりを見た。

「三井の大番頭はん、加門麻様が吉原で全盛を極めた花魁だったいうのんは、信じまひょ。けど神守様の仕事はなんですのん」

「女将、京の花街も江戸の官許遊里も、基になったんは島原でも、花魁、振袖新造、禿などの仕組みはまるでちゃいますな。昔の島原のようにただ今も吉原は鉄漿溝と高塀に囲まれて遊女が大門を勝手気ままに出ることはできまへん。この二万七百余坪は、成立以来江戸の町奉行所が監督差配してるんやけど、実際は吉原会所いうところが町奉行所に代わって務めを果たしてますんや。武家方が多いさかい、関八州《かんはっしゅう》から流れ込む無頼者《ぶらいもの》が廓内で悪さをしたり、遊女が足抜《あしぬ》きしたりするのを阻止《そし》するのが吉原会所どす。神守様は、この吉原会所の陰の人でな、ただ今の吉原は神守幹次郎様がいはるさかい、治安が保たれてますんや」

ふーん、と一同が三井の大番頭の説明に得心したようなしないような、訝しい顔をした。

「ご一統様に申し上げます」

と断わった幹次郎が、

「三井の大番頭どのは、いささか買い被って大仰に言うておられます」

「待ってんか。そないなお方がこの京の花街に修業にお見えどすか」

一力茶屋の主、次郎右衛門《じろうえもん》が幹次郎と麻を交互に見た。

「一力の主どのでござるか」

「そうどす」

「われら、京に来てわずか十日足らずにございます。京のことはなにも知りませぬ。ただし、それがしが世話になっておる吉原会所の仕事を通じて、江戸の官許の遊里のことをいささか承知なだけでござる。吉原の基になった京の島原と、ただ今の吉原は全く花街として違っておりましょう。新吉原になって昼見世、夜見世が許されてこれまでなんとか商いが続けてこられました。ですが、幕府の緊縮策の締め付けがきつく、ただ今の吉原の先行きが見えません。そこでそれがしと義妹の麻のふたりして、向後百年の官許吉原の商いの術を学ぶために京修業に参りました。最前三井の大番頭どのが申されたように偶さか同じ旅籠に江戸三井の隠居の楽翁様がおられ、旅籠たかせがわの主の猩左衛門どのとも知遇《ちぐう》を得ました。おふたりからの、祇園の旦那衆に忌憚なく相談なされとの忠言に従い、本日この場に寄せてもらった次第にございます」

「あんたはん、吉原会所の七代目の命で京に来はったと言わはりますか」

と揚屋一松楼の数治が幹次郎に質した。

「はい、さよう考えてもらってもようござる」

「そして、加門麻様は、吉原の全盛を極めた薄墨花魁どしたな」

との問いに麻が小さく首肯した。

「さあて、うちらで事が足りますか」

河端屋の芳兵衛が未だふたりの言を信じられぬという表情で言った。

「神守様、島原は見はりましたか」

と与左衛門が質した。

「ひと晩だけ揚屋に泊まらせてもらいました」

「で、その感想はどないや」

と一松楼の数治が問うた。

「島原も吉原同様に商いに悩んでおられるようにお見受け致しました。むろんひと晩見ただけゆえ、実態にはほど遠うございましょう」

「いや、神守様は吉原会所で廓商い、茶屋商売の裏表を見てこられたお方のようや、そのお人がひと晩で感じた印象は、さほど間違《まちご》うておへんやろ。ただし、うちら祇園界隈の花街も、景気が宜しいかと問われますとな、そう容易く返答ができしまへん」

と一力茶屋の主が幹次郎の感想に答えた。正直な言葉に幹次郎は頷くと、

「いささか失礼な問いを申し上げて宜しゅうござろうか」

「なんなりと」

と与左衛門が応じた。

「ご一統様が一力で寄合をなされるのは祭礼などの相談だけにございますか」

「むろんそれもありますわ。けどな、うちらいろんな商いの旦那衆が集まるんは、吉原と、つまりは神守様と麻様が京に見えたんと同じ悩みを持ってるからどす」

一力茶屋の主が答え、幹次郎が得心したように頷いた。

「島原とこの祇園界隈の商いとはいささか雰囲気が違う気が致しました。それはわれらが京に慣れぬ旅人だからでございましょうか」

幹次郎の問いに皆がしばし黙り込んだ。

「神守様の言葉をよいほうに受け取って宜しおすか」

と女将の水木が尋ねた。

「むろんのことです。それが証しに、ご一統様方は五日ごとにかような寄合をなし、祭礼の仕度もござろうがあれこれと商いについて話し合われておられます。その人と人との交流が島原では少ないように見受けられました」

幹次郎の言葉にうんうんと頷いた与左衛門が、

「神守様、麻様、あんたはん方はこの祇園界隈で花街のことで修業なさろうと考えてはりますか」

「大番頭どの、花街のみならず、花街が栄える環境を見とうて参りました。われらに許された修業の月日は一年にござる。もはや迷うておる余裕はござらぬ」

と幹次郎が言い切り、麻も頷いた。

「こちらから尋ねて宜しおすか」

と揚屋一松楼の数冶が幹次郎に質した。

「なんなりと」

「麻様は吉原に戻られて妓楼や揚屋、あちらでは引手茶屋どしたな、商いを始めとうて京に来はったんか」

「いえ、私の拙《つたな》い理解では、花街が成り立つにはこの界隈で芸事が習え、芝居が見られといろいろ他の見物と互いの分を守りながら競い合うことが大事かと思います。吉原は未だ高い塀と鉄漿溝と呼ばれる幅何間もの溝に囲まれて遊女衆は勝手気ままに大門の外に出ることすらままなりませぬ。向後も吉原が塀と溝に閉じ込められて官許の色里を看板に続けていくならば」

とそこで麻が言葉を迷った。それに対して、

「島原のようにならはると考えはったんやな」

と一力茶屋の主が代わりに答え、

「はい」

と麻が素直に頷いた。

「吉原で全盛を誇ったお方がさような考えをしはって京に修業に来はった、札差の筆頭行司を長らく務められた伊勢亀の先代はさすがや、麻様の行く末までも見込まれたんどすな。江戸にも粋なお方がいはったわ。それにしてもその仲介を吉原会所の陰の人がしはった。なかなかできることではおへん。よほど札差伊勢亀のご隠居はんは神守様を信頼してはったんやな」

と置屋の河端屋芳兵衛が言った。

「河端屋はん、札差の伊勢亀の隠居は現役のころ隠然《いんぜん》たる力を持ってはったお方どす。百余軒の札差を率いてきはったお方が見込まれたんが、この神守幹次郎様や。全盛の花魁の落籍の一件には吉原じゅうが仰天したそうや。そりゃそうや、死期を悟った伊勢亀の隠居の信頼を受けて薄墨太夫は落籍されて、元の加門麻様に戻りはった。そのふたりがこの京にて、うちらに教えを乞うてはります」

「三井の大番頭はん、うちらにどうしろと言わはるんや」

「おふたりをうちらが受け入れるかどうか、祇園の旦那衆の度量が問われるんとちゃいますか」

と与左衛門が答えたとき、幹次郎はその言葉の中に微妙な想いが込められてい

るように感じた。だが、微妙な想いがなにか皆目見当もつかなかった。すると、

「まあ、そうどすな」

と答えたのは一力茶屋の女将であった。

「女将はん、なんぞ考えがおますか」

「麻様は全盛を誇った花魁の経験を持ってはります。そんなお方が吉原を向後どうすればええか、迷《まよ》た末に京に来はった。うちらで少しでも手助けするんが祇園のもてなしとちゃいますやろか」

「どないしようと考えはったんや、女将はん」

しばし間を置いた水木が、

「うちにはいろんなお客はんが見えはります。しばらく麻様はうちに住み込んで、祇園の茶屋の商いを見てもらうんはどうどす、旦那はん」

「ほう、うちで商いを学びますか」

と主の次郎右衛門が言った。

「旦那はん、いけまへんやろか」

「いや、女将はん、それはええお考えや」

三井の大番頭与左衛門が言い切り、

(どうどす)

という顔で麻を、そして、旦那衆を見回した。

「私はすでに皆様がご承知のように吉原のことも京のこともごくごくわずかしか存じません。もしこちらの一力亭で下働きをお許しいただけるのならばぜひお願い申します」

麻は、京の茶屋が吉原の引手茶屋とは役割が違うことを察していた。幹次郎もまず一力茶屋で京の花街のやり方を学ぶのはよいことだと思った。そこで麻に幹次郎が頷いた。

「さあて、残るはお侍の神守幹次郎様のことや」

と与左衛門が言った。

「さっきの三井の大番頭はんの話やと、官許の吉原を、吉原会所が仕切ってるんやな」

と初めて口を開いたのは料理茶屋中兎《なかう》の主瑛太郎《えいたろう》だ。

「それはうちらといっしょやな、面倒なことは京都町奉行所が始末しますな、その度になんぼか金子がかかります」

と揚屋の数治が言った。

「ご一統、吉原会所のように揉めごとをうちらで始末できれば、金はかかりまへんな。京も最近は物騒どす、神守様みたいな用心棒がおるのんはなにかと便利とちゃいますか」

置屋の河端屋芳兵衛が言った。

「お待ちくだされ、それがし、京に用心棒をしたくて参ったわけではございません。できることならば、この祇園の生業を広い観点からまずは知りとうございます。無理な話にございましょうか」

「それは最前からの説明でよう分かりましたわ。けどな、神守様、かようなことは相身互いや、神守様が刀外して一力の男衆にもならしまへんやろ。そこはお互いが助けたり助けられたりするんが大事とちゃいますやろか」

幹次郎の言葉に芳兵衛が言い出した。

「いかにもさようです。むろんそれがしができることは手伝わせてもらいます」

なぜかほっと安堵の感情がこの場に流れた。

(やはり京で修業するのは容易なことではないな)

と幹次郎は思った。

「おお、かような刻限どすか」

どこぞで撞《つ》かれた寺の時鐘《ときのかね》を聞いた揚屋の数治が言い、慌てて立ち上がった。

幹次郎はいささか慌てて、

「われらふたりのために貴重な時を費やして、無益《むえき》な寄合にしてしまいました。お許しください」

と詫び、麻も頭を下げた。

「神守様、二、三度、一力の寄合に来なはれ。あんたはんの役目もそのうちなんぞ決まるやろ」

「本日は、麻様の修業先が一力はんと決まっただけで上々吉《じょうじょうきち》どすがな」

とお互いが言い合い、寄合の座敷を出ていった。

その場に残ったのは、一力茶屋の主夫婦と三井の大番頭与左衛門だった。

「麻様、あないな話になりましたけど、ほんまにうちで宜しおすか」

と水木が麻に念押しした。

「これ以上の修業先はなかろうと思います」

「麻様、ならば申し上げます」

「なんなりと」

「麻様は江戸吉原で全盛を誇った太夫はんどした。そやけど、京に来たらそのこ

なんなりとお申しつけくださいまし」

「女将様、その覚悟で江戸を出て参りました。麻は見習い女でございます。なんなりとお申しつけくださいまし」

「分かりましたえ」

と水木が次郎右衛門を見た。

「神守様、残るはあんたはんの修業先どすな」

と言った次郎右衛門が、

「祇園の旦那衆は、あんたはん方の言葉を未だ疑っておりますんや。お侍が祇園の花街の見習い修業やなんて、難儀やな、と思てるんや」

「旦那衆のお気持ち、分からないではございません。それがし、しばらく麻の見習い修業のじゃまにならぬように、祇園界隈を見て回りたいと思いまする」

幹次郎の言葉に一力茶屋の夫婦が頷いた。

そのとき、与左衛門が口を開いた。

「神守様、江戸三井の隠居様から文を頂戴したと言ったやろ」

「はい、お聞き致しました」

「ご隠居はんからの忠言どす。神守様の花街修業先を見つけるのんは難儀やろ、その折りは信頼できると思うたお方にはすべて話しなはれ。それが早道やとな」

幹次郎は楽翁の言葉をじっくりと吟味した。

「やはり二本差しでは花街修業は難儀でござろうか」

「神守様、うちも吉原を知らんわけやおへん。吉原会所の力も承知どす。そこで頼りにされてはった神守様が一年もの間、京修業をなすやなんて、いささか話がおかしおすな」

と与左衛門が幹次郎を正視し、一力茶屋の夫婦も幹次郎を見た。

幹次郎は三井の大番頭がかような発言を一力茶屋の夫婦の前でしたことと楽翁の忠言を重ね合わせた。

与左衛門は、麻の見習い修業を認めた一力茶屋の夫婦を信用せよと言外に言っていた。

「それがし、吉原会所を謹慎になった身にござる」

「なんやて、神守様、ただの浪人はんかいな。いや、違うな、謹慎者どすか、なんの悪さをしはったんや」

と一力茶屋の主は血相を変えて質した。

「悪さでござるか」

と応じた幹次郎は、謹慎になった真の経緯をこと細かに三人に説明した。

三人が啞然として幹次郎の話を聞いていた。

「それがしの話だけではお疑いは当然のことかと存ずる。ただ今の吉原会所の頭取四郎兵衛様は、高瀬川一之船入前の旅籠たかせがわの主、猩左衛門様とは昔から昵懇の上、それがしのことを書状で書き送っておられます。ゆえに猩左衛門様にお尋ねになると、それがしの言葉を裏づけていただけると思います」

しばし場に沈黙が続いた。

「さよか、謹慎の身の神守様と麻様がたかせがわに投宿し、楽翁はんと会わはった。それでうちにわざわざ文を書いて届けはった意が分かりましたわ。なんと四郎兵衛様は八代目を神守幹次郎様に託されはったんやな」

と与左衛門が得心した。

「されど、それがし、よそ者ゆえ事は容易く参りませぬ、町名主の方々には反対のお方もございます。ゆえに一年ほど時を置いてそれがしへの代替わりを決めようと四郎兵衛様は考えられたのでございます。このことを吉原で承知なのは妓楼三浦屋の主の四郎左衛門様の他数人にございます」

「一年後には、神守様は吉原会所の八代目どすか」

「それがしの役目は、七代目の孫どのが男《おのこ》の場合の中継ぎにございましょう。とは申せ、八代目を引き受ける以上、それがしなりに吉原の向後百年を考えたく、わが女房とも話し合い、義妹の麻を伴って、男と女子の眼差しでただ今の吉原を京から見つめ直し、見倣うべきところは見倣いたいと考え、七代目四郎兵衛様に京の見習い修業をそれがしからお願い申しました」

ぽんと膝をひとつ叩いた水木が、

「旦那はん、神守様とご新造様、それに麻様の総意は、吉原の行く末を見つめたものどっせ。これはただの見習いはんと違います」

「水木、そうどす。となると、麻様がうちで奉公するんはよしとして、与左衛門はん、神守様の修業先は、祇園の花街のよきところ悪しきところが見える大所高所の場が要りまっせ」

と一力茶屋の主次郎右衛門が言い、改めて五人だけの話が始まった。

二

吉原では夜見世が始まろうとしていた。

澄乃は老犬遠助を伴い、仲之町を水道尻へと歩いていた。神守幹次郎がいなくなった今、澄乃の見廻りに遠助が従うのが習わしになっていた。

江戸も間もなく桜の季節が終わり、葉桜の季節を迎えようとしていた。

「遠助、こっちを歩きなさい」

と澄乃は老犬に引手茶屋の軒下を歩かせながら、ゆったりとした動作で辺りを見回していた。

清搔《すががき》の調べが廓内に流れて、澄乃がいちばん好きな刻限だった。そんな澄乃は、だれからか見つめられている感じがした。仲之町には馴染の遊女のもとへ急ぐ客や吉原見物に訪れた素見の在所者たちが大勢いた。

殺気は感じないが、たしかに監視されていると澄乃は思った。だが、澄乃と遠助はゆっくりとした足の運びを変えなかった。

引手茶屋の女衆が澄乃に挨拶したが、近ごろでは、

「神守様はどうしていなさるか」

と話題にする者はいなかった。関心はあるのだが、この一件には触れてはいけない、そんな印象が強く感じられた。だれもが神守幹次郎が謹慎を命ぜられたと信じていたが、最近になって放逐というきつい沙汰を受けたという噂が流れてき

ているのだ。

（どこでどうしているのだろうか）

と澄乃も胸の中で常に考えていた。だが、そのことを口にすることは滅多になかった。

水道尻の番小屋の前に杖を器用に使いこなした新之助がいた。昼見世の終わった刻限に会ったばかりだがふたりして、

「澄乃さん、見廻りか」

「なにごともないようね」

と短いやり取りを交わしながら、目顔で話し合った。

新之助の顔は、

「変わりないぜ」

と言っていた。

澄乃は監視されているような感じについて新之助に訴えることもなく、遠助といっしょに開運稲荷の方角へと歩いていった。すると開運稲荷社の前で拝礼している老人の背を見た。着物や履物から見て、局見世の客ではない。

拝礼を終えた老人が不意に振り返り、澄乃と遠助を見た。

澄乃に、ただの年寄りではないな、と直感が教えていた。どこがどうというのではないが、なんとなく遊女衆との遊び目当ての客ではないように見受けられた。

瞼《まぶた》が垂れて細い目が時折りしばたたかれ、穏やかな眼差しで澄乃を見た。

「おや、吉原会所の女裏同心さんだっちゃ、見廻り、ご苦労さん」

なんと澄乃が何者か承知していた。

「お客様は私のような者まで、ようもご存じでございますね。お客様で、廓の四《よ》隅《すみ》に鎮座《ちんざ》して吉原を守る稲荷社までお参りなさるお方は滅多におられません」

「年寄りやもんし、生きた女衆より寺社参りがいいっちゃ」

「それで大門を潜られてこられたのですか、吉原に関心がおありの様子ですね」

「まあ、あっちに行く前《めえ》にひとつだけ欲があってな、そいを心当たりに明石《あかし》稲荷、九郎助《くろすけ》稲荷、ただ今開運稲荷に拝礼してさ、最後に榎本《えのもと》稲荷を訪ねるつもりだっちゃ。まあ、年寄りは暇やもんし」

「遊女衆がお目当てではなくてお稲荷様のお参りでございますか、ご信心深いお方ですね。旦那様ならばどのような廓にも登楼されて全盛の遊女と時が過ごせましょう」

「もはや生きた女衆には関心がねえっちゃ。いえね、薄墨太夫がおるんならまた気持ちも違ったろうがな」

「薄墨様がご贔屓《ひいき》にございましたか」

「会《お》うたことはねえっちゃ。噂に聞いてな、波瀾万丈な生き方に関心を寄せていましたんや。けど、もはや吉原にはおられませんかさ」

「落籍されて大門を出られました。ただ今は実家にお戻りと聞いております」

「ほう、実家かや。薄墨は武家の出と聞いていたけも」

「私もそう聞かされております」

澄乃はもはやこの老人の正体を察していた。

「おめの同輩の裏同心神守幹次郎と申されるお方が身請けされたそうな」

「いえ、伊勢亀のご隠居様が死を前にして神守様に代理人を願い、神守様が三浦屋四郎左衛門様と話し合いの末、ご隠居様の願いが叶えられたのです。あくまで身請け人は伊勢亀のご隠居様でございます」

「死んだお方が大金を積んで、吉原会所の陰の侍にさようなことを命じられたかさ。江戸の分限者は粋やな、在所者の間尺《ましゃく》には合わねえっちゃ」

「粋かどうか、廓内は金子がものいうところにございます」

「それや、官許の吉原というても、結局小判の多寡《たか》でことが決まるっちゃ」

「旦那様も吉原に参られたのは商いでございますか」

澄乃は一歩踏み込んだ。

「女裏同心さん、その返答をする前に神守幹次郎様はどうしておられますんか、教えてくらんし」

しばし沈思した澄乃は、

「もはや吉原と関わりがないお方でございます。事情を尋ねられても私には答えられません。おそらく吉原の大半のお方が神守様の吉原からの放逐の曰くをご存じございますまい。はっきりしていることは、もはや神守幹次郎様は吉原と関わりがないということです」

澄乃は相手が何者か推量した上で虚言を弄した。

「ほう、面白いな。伊勢亀の隠居の代役で薄墨の落籍の手伝いをした神守様も薄墨であった花魁も両人して吉原から姿を消されましたかさ」

眼前の年寄りは、細い両目の瞼《まぶた》を上げて険しい眼差しで澄乃を見た。

「麻様はご実家に戻られたのです。なにかおかしゅうございますか」

「伊勢亀の隠居と関わりのあったふたりが吉原から消えたんぞ」

「それ以上のことは私も存じません」

と応じた澄乃が反問した。

「旦那様は吉原になんぞ関わりがございますか」

「ただ今はこうして吉原の四稲荷を詣でておるっちゃ」

「他に隠された企てがございますので」

「神守様は敏腕《びんわん》の裏同心やったと聞いておる。女裏同心さんもなかなか強《したた》か、ただ者ではねえっちゃ」

「私は神守様がいなくなった今、もし神守様がおられたらどう考え、どう動くか、己に尋ねつつようやく仕事をこなしております。神守様は私のお師匠でございまして、比べものにもなりません」

「姉さん、おいの吉原での望みは商いだっちゃ」

「廓の中でなんぞご商売をなされますか」

「そうや」

と短く返事をした老人が、

「妓楼商いをやってみたいのですわ」

澄乃は、この老人が新之助から聞いた荒海屋金左衛門だと確信した。

「吉原の妓楼に関心がございますか。当節の妓楼は公儀の緊縮倹約策もあって儲けにはならないと聞いております。反対に遊女衆から恨みに思われる損な商いです」

「姉さん、どんな商いも山あり谷ありさ。かような折りこそ安く妓楼が買い叩けるというものさ。姉さんもおいの下で働くようになるかもしれないっちゃ」

「驚きました。吉原会所の勤め人である私が、旦那様の差配下の使用人ということになりますかね」

「そうなるかもさ」

澄乃は相手の老人に突然嫌悪感《けんおかん》を持った。

「荒海屋金左衛門様でございますね」

「やはり姉さんと番太は親しい間柄だったかや」

「新之助さんも私も吉原の新参者同士です。歳が近いこともあって、お互い相談したりされたりする間柄です」

「番太より姉さんのほうが使いものになりそうっちゃ」

「吉原の老舗の大籬をそっくりお買い求めになるとか。かような話を新之助さんや新参者の私のような者が耳にしたときには、話は終わりです。吉原はそう容易く小判には転びません」

「最前言ったっちゃ、金が仇の世の中でな、まして欲得ずくの吉原で金が利かんはずはねえさ、姉さん、よう覚えておけっちゃ」

「私が旦那様の差配下の使用人になるのはいつのことでございましょう」

「そう遠いことではないさ。姉さん、またお目にかかろうかさ」

そう言い残した老人が局見世の並ぶ西河岸を悠々《ゆうゆう》と歩いていった。

開運稲荷の前で澄乃と遠助はしばし立ち止まったまま、老人を見送り、澄乃は交わした問答を思い返した。

なんとも自信たっぷりな言い方と態度だった。まず四郎兵衛に知らせるべきだろう。だが、新之助に質してから四郎兵衛へ報告しようと考え直し、水道尻の番小屋に戻った。

「どうした、澄乃さんよ」

と番小屋の前にいた新之助の腰には吹き矢があった。

「開運稲荷の前で老人に会ったのよ」

「年寄りは死ぬ前になると信心深くなるからな」

「違うわ、荒海屋金左衛門よ」

「なに、あいつに会ったって」

澄乃はその風貌を告げた。

「間違いねえや、おれに老舗の大籬の売り物を見つけろと言った爺《じじい》だ」

「新之助さん、大金を儲けそこなったかしら」

澄乃は冗談で質した。

「澄乃さんよ、そもそも番太に大籬の売り買いを訊くのがみょうちきりんな話だぜ。今考えてもあの爺がなぜおれに相談を持ちかけたか分からないや」

「その折り、神守様のこと訊かれなかった」

「待てよ、そういえば裏同心が吉原会所を辞めさせせられたらしいな、と訊かれた気がする」

「私もしつこく訊かれた。つまり荒海屋金左衛門は、神守幹次郎様が吉原会所に密かにいるかどうか、そこのところが気になったんじゃない」

「かもしれねえな。どうするね、澄乃さんよ」

「四郎兵衛様に話すわ。その前に野地蔵に立ち寄って蜘蛛道から会所に戻る」

「なにか気になるのか」

「殺気ではないけど、だれかに見張られているような気がしたの。荒海屋金左衛門に会う前のことよ」

「あいつはひとりじゃねえと思うのか」

「あの自信たっぷりなところがね、なんとなく気にかかる」

「まさか天女池に誘《おび》き出そうなんて考えてねえよな」

「そんなこと考えてないわよ」

と応じた澄乃は遠助を連れて蜘蛛道から天女池にゆっくりと向かった。

天女池には五丁町から賑わいが風に乗って伝わってきた。

野地蔵にはだれが活けたか白水仙が飾られていた。

澄乃が手を合わせている傍らに座った遠助が不意に立ち上がり、蜘蛛道の一本に向かってわんわんと吠えた。

人影が三つ、遠助の吠え声にも拘わらず天女池の縁《ふち》を小走りに近づいてきた。

ひとりは浪人者か、黒地の着流しの腰に一本刀を差していた。残りのふたりは、がっちりとした体つきで山仕事でもするような形《なり》だった。

三人が澄乃と遠助の前で立ち止まった。

「吉原会所の女裏同心か」

と着流しの浪人が質した。

「いかにもさようですが」

「女だてらに妙な得物《えもの》を使うそうじゃな」

「仕事柄、妙な場面に遭遇しますので用心のために携えております」

浪人者は夜の天女池の暗さで澄乃が帯の下に巻きつけた特製の麻縄に気づかないようだった。

「そなたの腕を知りたいお方がおられてな、頼まれたのだ。悪く思うな、命までは取らぬ」

と着流しの浪人が言うと細身の剣を抜いて下段に構えた。無言のふたりは、黙って浪人の腕を確かめているように思えた。

「遠助、離れておいで」

と澄乃が命じると、
うーうー
と低い声で唸《うな》りながら、それでも澄乃から離れた。

浪人と澄乃の間合は三間（約五・五メートル）ほどだった。

澄乃が一歩踏み込んで帯下の麻縄を引き抜くと、麻縄の先端に付けた重石《おもし》代わりの鉄輪《かなわ》が飛んで、相手の動きを先に封じるはずだ。

無言で立っていた男ひとりが突然鉈《なた》のような得物を懐から取り出し、澄乃に投げた。

澄乃は帯の下から麻縄を引き抜くと飛んできた鉈を叩き落とした。

着流しの浪人が間合を詰めて下段から細身の剣をすり上げようとした。

澄乃は麻縄で応じるのは遅い、斬られると覚悟した。

そのとき、野地蔵に若葉を差しかけるように立つ桜の背後から人影が現われて、
ひゅっ
と吹き矢を飛ばした。

その矢が見事に着流しの浪人の首筋に突き立った。

うっ
と呻《うめ》いた浪人が斬りかけた細身の剣を引き、

「引き上げじゃ」

と言うと、するすると天女池から姿を消した。

「助かったわ」

桜の木の下に立つ新之助に澄乃が礼を述べた。

「やはりあの爺様、ただ者じゃなかったな」

「まさか飛び道具勝負になるとは思わなかったわ」

澄乃は麻縄が叩き落とした鉈を天女池の縁から拾った。

「澄乃さん、おれが邪魔したんでそなたの隠し道具の技量がよく分からなかったんじゃねえか。まあ、こんな真似をしたんだ、荒海屋金左衛門、もう吉原に姿を見せまいな」

と新之助が言い、澄乃は首を捻った。


四半刻後、澄乃は四郎兵衛に荒海屋金左衛門とのやり取りや天女池の出来事を告げていた。話を聞いた四郎兵衛が、」

「先手を打たれましたかな。

と後悔の言葉を漏らした。

「と、申されますと」

「ひょっとしたら、すでに事は半ば終わっているかもしれませんな」

「どういうことでございましょう」

「私がこれだと考えている大籬の身辺を番方らに調べさせております。ですが、荒海屋金左衛門の言葉を信じますと、すでに取引が終わっているかもしれぬということです」

「その場合、吉原会所に妓楼の株の売り渡しの書付が出されませぬか」

「その辺ですがな、金銭のやり取りは終わっておりますが、どちらかの都合で会所への書付提出の時期を外しておるとも考えられる」

「となると、いつの日か荒海屋が吉原の大籬の跡目を継いでおるということでございましょうか」

「と、いうこともあり得ます」

腕組みした四郎兵衛が沈思した。

長い沈黙だった。

「私の手蔓を使い、元佐渡奉行の鎮目綱道《しずめつなみち》様にお会いして話を聞きました。それによると、銀山師の荒海屋金左衛門は実在の人物でしてな、この者の背後には佐渡で雇われた地役人《じやくにん》らが今も配下として数十人ほどいるはずだということです」

四郎兵衛は本日元佐渡奉行の鎮目に会っていたようだ。ために吉原の大籬の身辺の調べを番方の仙右衛門に任せたのだろう。

「この話、そう容易く目処《めど》が立ちますまい」

四郎兵衛の顔には、

(神守幹次郎様がいれば)

というような詮無《せんな》き願いが見えたと澄乃には思えた。

「七代目、なんぞ私がなすべきことがございましょうか」

「ただ今のところは先方の動きを見ている他にございませんな」

と言った四郎兵衛の前から澄乃が辞去しようと立ち上がりかけたとき、

「新之助にくれぐれも用心するように伝えてくだされ」

と四郎兵衛が願った。

三

神守幹次郎は一力茶屋の主次郎右衛門に連れられて祇園社を訪ねた。寄合が行われた翌日のことだ。

祇園社は古来、祇園感神院《かんしんいん》、祇園天神、牛頭《ごず》天神と称された。ちなみに八坂神社と呼ばれるようになったのは慶応《けいおう》四年（一八六八）以降のことだ。

主祭神は素戔嗚尊《すさのおのみこと》、櫛稲田姫命《くしいなだひめのみこと》、八柱御子神《やはしらのみこがみ》（牛頭天王、八王子《はちおうじ》、頗梨采女《はりさいにょ》）であった。

創立年代は諸説あり、社伝によれば、斉明《さいめい》天皇二年（六五六）、高句麗《こうくり》より来朝した伊利之使主《いりしおみ》が新羅国《しらぎ》牛頭山に座す素戔鳴尊の神霊を八坂郷に遷《うつ》し祀り、天《てん》智《じ》天皇六年（六六七）に感神院と定めたことを始まりとするという。

昨日、次郎右衛門は、幹次郎の話をこと細かに聞いたあと、

「与左衛門はん、まず祇園社に挨拶することが最初やおへんか」

と三井の大番頭に言った。

「そうや。この祇園の門前町ではなにするにも、祇園感神院執行《しゅぎょう》はんに挨拶せんといけまへんな」

というわけで次郎右衛門に連れられて祇園社の本屋《ほんおく》に向かった。禰《ね》宜《ぎ》総統は、祇園感神院執行とか、感神院執行とか、ただ執行とか呼ばれるらしい。当代は彦《ひこ》田行良《たぎょうりょう》、還暦《かんれき》を超えた翁《おきな》であった。

次郎右衛門から幹次郎について話を聞かされた行良は、しばし沈黙したあと、

「一力はん、うちはこのお方のことをいささか承知していますんや」

と言った。

「えっ、執行様、神守様を承知どしたか」

と次郎右衛門が幹次郎を見た。

「彦田様、どちらでお会い致しましたか。それがし、覚えがございませぬが」

と幹次郎が首を捻った。

「いやな、会うたことはおへん。あんた、清水寺の羽毛田亮禅老師を承知やないか」

「は、はい。とある機会にわずかな時、お会いし、その件で困ったことがあったら、老師の名を出すように申されました。それだけの出会いにございます」

「そやそや、あの折りな、亮禅老師はうちと会う約定でな、こちらに来る途中で騒ぎを見たそうやな。約定の刻限をだいぶ遅れて来はった亮禅老師がいささか上気してな、あんたはんのことを話してくれましたんや。本日、あんたはんの名を聞いて、おお、このお方かと気づいた次第どす」

次郎右衛門が幹次郎を見て、

「神守様、あんたはんはえらい運をお持ちどすな。清水はんの亮禅老師とも知り合いどしたか」

「次郎右衛門どの、清水寺を訪ねた帰り、われら、厄介に巻き込まれました。その折り偶然に通りかかられた老師に助けていただきました。ゆえに後日お詫びに参上致しました」

「なんとも不思議な縁をお持ちのお方どすな。老師があれほど子細《しさい》に語られたのは珍しおす。老師はな、礼儀を弁《わきま》えた武士《もののふ》に会うたと説明してくれはりましたが、まさかかように早《はよ》うお会いするとは思いもしませんどしたわ」

と彦田執行が幹次郎を見た。

「まさか亮禅老師がこちらに参られる道中にあられたとは考えもしませんでした」

「京は狭《せも》おす。それに祇園社はえろう仏教色が強うてな、寺社の付き合いは濃《こ》うおす」

「執行様、それがし、かようなお願いを、いえ、お許しを願うなど非礼極まりないことではございませぬか」

「まあ、一力はんも困った結果だっしゃろ。まさか江戸の吉原の会所を継ぐかもしれへんお方が京に修業やなんて面白おすな、一力はん」

「面白うございますか。執行様、神守幹次郎様、見ての通り刀を差したお方どっせ。祇園の花街を一年ばかりの間でお武家はんにどう見せたらよいか、考えがつきまへんのや。それでまず執行様に挨拶をと参った次第どす」

「この一件な、亮禅老師とも話し合うてみまひょ。このお方、刀を捨てて一力の男衆の修業をしはることもおへん。吉原会所を率いていくために京に来はったんや。祇園がどのような成り立ちで今を迎えているか、神守幹次郎様の目でな、見ていけばそれで宜しいわ、それで十分な修業やと思いまへんか」

「それで宜しゅうございますか」

「あんたはんは江戸に戻られて、官許の遊里、京でいう花街の吉原を主導していくお方や、まあ、七月の祇園の祭礼の仕度から終わりまでご覧になれば、京の町衆の考え方、生き方が分かりまひょ、それでええやろ」

と感神院執行彦田行良が言い切った。そして、

「このお方には連れの女子はんがいはるそうやな」

「加門麻様と申されて、一年前まで吉原で全盛を誇った花魁やったそうどす」

「お待ちなはれ、一力はん、このお方が売りもんの花魁を落籍されはったいうんどすか」

「いえ、違います」

と応じた幹次郎は薄墨太夫が本名の加門麻に戻った経緯をすべて語った。京にいる以上、真の話をしておいたほうがよいと思ったからだ。

長い説明が終わったとき、

「江戸はおもろいとこやな、京にも千金《せんきん》の金子で太夫を身請けする、それに似た

ことはあるやろ。そやけど、死期を迎えたお人がさようなお膳立てをすべてこの神守幹次郎はんに任せはって、あの世に行かはった、京ではあり得へんな」

「あり得へん」

と執行彦田行良の言葉に一力茶屋の次郎右衛門が即答した。

「次郎右衛門はん、それだけこの御仁、信頼されてはるということや。で、女子はんは、どうしはるんや」

「うちに住み込みで奉公してもらいます。ただの女衆というわけにはいきまへんやろ、女房の江戸の知り合いということでな、女房の手伝いから始めてもらおうと思てます」

「ということは、あとはこの御仁の始末かいな」

「最前、執行はんは祇園祭の仕度から見ておればよいと言わはりましたな」

「言いました。けど住まいはどうしはるんや」

「いつまでも木屋町の旅籠たかせがわにはおられまへんな」

「それでは修業にならしまへんな」

「なりまへんな」

と次郎右衛門も首を捻った。

「さて、どっちが宜しいか」

と自問するように呟いた彦田行良執行が、

「一力はん、あんたはんは茶屋に戻んなはれ。わてはな、この御仁と清水はんに亮禅老師を訪ねてきますがな」

「祇園と清水のお偉いはんが、このお方の住まい探しに動かはりますか」

「亮禅老師の上気がうちに移りましたがな。なんとのう、札差伊勢亀のご隠居がこのお方を信頼した気持ちが分かりましたんや」

と幹次郎をよそにふたりの問答で次の行き先が決まった。

「それがしのためにさようなことまでしていただくのは恐縮至極に存じます」

「あんたはんは妙なお人や、京はな、他所様《よそさま》を受け入れるのは難しいところどす。あんたはんはほんまもんの他所者や、けどなんとのう、節介がしとうなる。これは人徳やろか」

「そうでっしゃろな。うちらの集いかていきなり江戸のお人を受け入れるやなんて、これまであらしまへん。けど、神守様と加門麻様はこちらから声をかけたくなる人柄どす」

「ということや。情けは人の為《ため》ならずや。さて、亮禅はんと茶飲み話をしてきまひょ」

と祇園社感神院執行彦田行良が立ち上がった。

江戸の吉原会所の奥座敷、四郎兵衛の前に三浦屋四郎左衛門が座していた。

「なんぞ京から便りがございましたかな」

と四郎左衛門が四郎兵衛に質した。

この場にあるふたりは神守幹次郎と加門麻がなにゆえ京に滞在しているかを承知していた。

「いえ、京からは無事に到着したという便りのあとは、なんの連絡もございません。話はこの廓内のことです、三浦屋さん」

「ほう、またなんぞ出来《しゅったい》致しましたかな」

四郎左衛門の問いに四郎兵衛が眉間に皺《しわ》を寄せて頷いた。

「厄介な話のようですな」

「老舗の大籬が他人の手に譲り渡されました」

「このご時世です、致し方ございませんな」

「されど吉原会所には未だ通告はございません」

「譲渡は認められませんな」

四郎左衛門の返答に四郎兵衛はしばし沈黙し、

「三浦屋さん、この吉原から揚屋が消えて何年になりましょうかな」

と問うた。

揚屋は遊女を妓楼から呼び寄せて遊ぶ場だ、また酒食を供した。が、いつしか吉原から揚屋が消えて、妓楼内で遊女が客をもてなし、料理は台屋《だいや》に注文するようになった。そして、このような登楼代、揚げ代は引手茶屋が保証するようになり、揚屋の存在が消えたのだ。この揚屋、尾張《おわり》の出の者が多かった。

「さあて、だいぶ前のことでございますな」

三浦屋四郎左衛門が四郎兵衛を正視した。はやく用件に入れと無言裡に催促していた。

「新吉原に移って、尾張の知多《ちた》の出の揚屋の主が威勢を揮《ふる》い始めましたな。尾張屋、俵屋《たわら》、松葉屋《まつば》、桔梗屋《ききよう》、和泉屋《いずみ》、伊勢屋《いせ》、海老屋《えび》とみな知多の出の者でございました。ですが、いつしか、揚屋は引手茶屋にその役目を移して消えていった。そんな中には妓楼に鞍替えした見世もある。うちは山口巴屋として引手茶屋を、三浦屋さんは京町で妓楼に転じられて知多の出の商人の血を守っておられる。

そんな尾張知多者が隠然とした力を今も秘めていることは、三浦屋さんに話すまでもない。そんな揚屋からの転向者、知多者の妓楼が狙われました」

「まさか俵屋萬右衛門《まんえもん》方ではございますまいな」

四郎左衛門が四郎兵衛に質した。

知多の出で老舗の大籬となれば数は限られていた。

「さようです」

「なんと」

四郎左衛門が絶句した。

四郎兵衛は買い手が山師の荒海屋金左衛門なる人物であるとみられること、同人から新之助と澄乃に不審な接触があったことを告げた。

長い間があって、

「四郎兵衛さん、最前、吉原会所には譲渡の申し出はなかったと言いなされたな」

と四郎左衛門が念を押すように質した。

「ございません。この話を知ったのは、なんと昨日のことでございます。それで本日、俵屋を訪ねてみますと、番頭の角蔵《すみぞう》がひとりだけ憮然《ぶぜん》とした顔でおりまして、『うちは廃業した』と言いながら、この書状を私に差し出しましてな」

と文机の上の書状を手にした。

「俵屋の一家はどうなされた」

「密かに立ち退《の》かれたようで角蔵にもなにも知らされなかったそうな。通いの角蔵が表の御用を命じられて廓の外の馴染客に書状を届けて歩いている間のことだそうです。番頭が言うには、馴染客への書状は廃業の知らせでしょうとのことでした」

元吉原以来の老舗にして大籬の俵屋は、限られた上客で商いを続けてきた見世で、他の妓楼との付き合いもなかった。

「遊女たちはどうしております」

「番頭が真相を知らぬのです。角蔵は、新たな楼主が来るまで待つように申し渡したそうです」

「あそこは常連の客だけを相手にしておりましたな」

「張見世も設けず不思議な商いでございましたが、それでも懐の豊かな馴染客がついておりました。元吉原のころからの格別な商いでしたな」

「なにが俵屋に起こったか」

と四郎左衛門が呟き、

「それが廃業したという書付ですかな」

と四郎兵衛の手にした書状を見た。

三浦屋や山口巴屋にとって元吉原時代からの仲間だった。なにより手堅い商いを続けていた。それが急に見世を売り渡すのは尋常ではなかった。

四郎兵衛に宛てた短い詫び状と廃業届けを幾たびも読んだ四郎左衛門が、

「なぜ尾張知多者の私どもに相談しなかったのか」

と呻くように言葉を吐き出した。

「角蔵が言うには、吉原会所の神守幹次郎様が謹慎のあと、放逐になったのは真かと、主から幾たびも尋ねられたことがあったそうな」

「鶴子銀山の山師荒海屋金左衛門とやらに嵌《は》められましたかな」

「なんぞ曰くがありましょうな」

四郎兵衛は四郎左衛門に澄乃と新之助が話したという荒海屋金左衛門の印象を語った。

「言うても詮なきことじゃが、神守様がおられればなんぞ知恵があったに相違あるまい」

四郎左衛門の嘆きを四郎兵衛は、なんともいえない気持ちで聞いた。

「私の隠居するのが数年遅かった」

「どうするな、七代目」

「いずれにせよ、荒海屋金左衛門から接触がございましょう。金子はあり余るほど持っているようだと澄乃は言うていました」

「ともかく荒海屋金左衛門が老舗の俵屋をどう使うか。これまでのような上客ばかりを取る商いはやりますまい」

「三浦屋さん、荒海屋はただ吉原の妓楼の主になるのが望みではありますまい。新之助に『最後の望みを叶えるのだ』というようなことを言うたそうです。また、澄乃には自分の下でいずれ働くようになるとも告げたそうです。となると、次には吉原会所に手を伸ばしてくるような気がします」

「神守様を京から呼び戻しますか」

「いえ、その策は今は使えますまい。私どもでなんとしてもこの一年、持ちこたえねばなりませぬ」

ふたりの間を沈黙が支配した。

「ともかく町名主の動向を注意して見守ります。一方で荒海屋金左衛門の行方《ゆくえ》を突き止めます」

と四郎兵衛が四郎左衛門に語った。


清水寺羽毛田亮禅老師と祇園社感神院執行彦田行良のふたりは茶飲み友達とか。お互いが寺社に修行に入った当時からの知り合いであった。

「おや、過日のことでなんぞ面倒が起こりましたかな」

と老師が幹次郎にとも感神院執行にともつかず訊き、

「あの折りは世話になりました。いえ、なんの面倒も起こっておりません」

と幹次郎が答えると感神院執行が手際よく先刻次郎右衛門が幹次郎を連れてきたことを告げ、修業先が決まらないながらも、祇園の旦那衆が幹次郎の受け入れを承諾したことを話した。そして、向後どうすべきかを質してくれた。

「行良はん、祇園社門前で花街のことを知ろうというお方や、祇園社に一年くらい住まいしてもええやろ。お侍では祇園社に住まいするのは迷惑やろか」

「老師、祇園社も広いさかい、ひとりが住まいするくらいの場所はどこにでもある」

「なに、おひとりか。麻様はどうしはった」

「あちらは一力亭で女将のもとで住み込み修業や」

「おや、そうどすか。そんならお侍ひとり、どこにでも寝泊まりできはるな」

「差し当たって神輿蔵《みこしぐら》の二階なんか、腕利きのお侍が寝泊まりするんなら安心やろ。めしは若い禰宜らと食べはったら宜しおす」

幹次郎は祇園社の門前町の花街を知るのにこれ以上の場所はあるまいと考えた。

「お願い申してようございますか」

と幹次郎が彦田感神院執行に念を押した。

「これから七月の祭礼にかけて祇園界隈は賑やかになってくる。ほんならあれこれと騒ぎも起きる。あんたはんの出番が回ってきそうやな」

と彦田行良が答えた。

「なんぞ手伝えることがあればなんでも命じてくだされ」

「あんたはんの腕前を拝見するのが楽しみやな」

その言葉を聞いた老師が、

「そうどすな、祇園社に住まいして祇園の門前町の商いを一年見てたら、あんたはん方ふたり、吉原に新しい風を吹かすこともできはるやろ」

「老師、そう容易いことではありますまいが、精々明日より精進致します。そこでひとつお願いがございます」

「なんやろ、改まってお願いとは」

「清水寺の朝の修行に同座させてもらえませぬか。武将の坂上田村麻呂様と深い関わりがあるお寺と聞いております」

「同座するもよし、祇園社に飽きたら清水寺の境内で木刀を振り回してもよし、独り稽古を気ままになされ」

羽毛田亮禅老師があっさりと幹次郎の許しを聞き入れてくれた。

幹次郎はどうやら麻とふたりしてそれぞれ修業の場が見つかったと、安堵した。

四

加門麻と神守幹次郎、それぞれの京での修業先が決まった。

江戸を出たとき、考えた途とはいささか異なった修業先だが、京で出会った人の知恵を借りた結果だ。ともあれ数日後には旅籠たかせがわをふたりは出て、別々の途を歩き始めることになる。

幹次郎は祇園社に彦田執行を送り、独り祇園の門前町を歩きながら、

(この地がわれらの修業先)

だと己に言い聞かせ、あちらこちらを眺めながら、鴨川を渡った。

その瞬間、久しぶりに殺気を含んだ監視の眼を感じた。

まだ明るい、人込みの中で襲われることはあるまい。だが、監視の眼が何者にしろ、幹次郎と麻の新たなる引越し先を知られたくないと思いながら、たかせがわに戻ってきた。

監視の眼は、旅籠たかせがわまで従ってきた。

「ただ今戻りました」

と幹次郎が迎えた女衆に挨拶すると、

「おかえりやす、うちの主はんと麻様が帳場で話してはりますえ」

と告げてくれた。

麻は今日、一力茶屋で暮らすための季節の衣服を買い求めてきたはずだ。意外と早く事が済んだのかと帳場に顔を出した。

「おかえりやす。どないどした、執行はんのとこは」

と猩左衛門が質した。

「彦田様は話を聞いてくださったばかりか、親切にも清水寺の亮禅老師に会うためにそれがしに同行なされました。おふたりの話し合いの末にそれがし、祇園社の神輿蔵の二階に住まいしながら、まずは祇園界隈を知ることが最初の修業と話が決まりました。さようなことで見習い修業が果たせるのか迷うておりますが、老師と感神院執行のおふたりのお考えに従い、早朝は清水寺で修行僧に交じり、読経することに致しました」

「それは宜しおしたな。修業というても立場立場で違います。麻様は一力の女将さんの傍らで、神守様は祇園社に暮らしながら高みから俗世間の祇園門前町の花街を見物してみなはれ。ひと月もすればその先のことが決まりますえ」

とたかせがわの主が満足げな表情で言った。

幹次郎は頷いた。

「神守様、そなたはんの旧藩の京屋敷ですがな、分かりましたわ。まあ、藩邸と申しましても借家《しやくや》どす。二条城の近くにな、千本《せんぼん》通と三条通がぶつかる辺りに南蛮堂《なんばんどう》なる小間物屋がおます。この南蛮堂の別邸が岡藩の借家の京藩邸どすわ」

「小間物屋の別邸に旧藩は藩邸を構えたと申されますか」

「南蛮堂は屋号の通り長崎口の品を扱《あつこ》うてます」

長崎口とは、公儀が開港を許した肥前長崎に持ち込まれるオランダ商船と唐人船の荷を指す。だが、二国に制限された交易船の数での輸入には、限りがあった。そこで薩摩藩などは、琉球《りゅうきゅう》を通じて異国の品を抜け荷させ、長崎口と称して上方などに売りさばいていることはよく知られていた。

「豊後国内でいちばん禄高がある岡藩中川家でございますがそれでも七万石です。その上、領地は山に囲まれており、異国の品を扱うには不向きな場所にございます。そんなわが旧藩と南蛮堂にどのような関わりがございますので」

と幹次郎が昔の知識を思い出して問うた。

「神守様、たしかに岡藩中川家は内陸に領地がおますさかい、海には一見接してまへんな。そやけど、参勤交代《さんきんこうたい》の折りなどに利用する外海《そとうみ》がおへんか」

京の老舗の旅籠の主は西国の大名事情も承知していた。

その言葉に、あっ、と驚きの声を漏らした幹次郎は、

「外海として大分郡《おおいたごおり》三佐《みさ》港を使うことが許されております」

幹次郎の言葉に大きく首肯した猩左衛門が、

「寛永二年（一六二五）より、御座船《ござぶね》船蔵、船入堀《ふないりぼり》築造が許され、町屋も整備されて町人は年貢《ねんぐ》を免除されてますな。藩では三佐奉行を置く山に囲まれた岡藩のただひとつの外港どす。南蛮堂はこの岡藩の外港に目をつけ、岡藩も苦しい藩財

政を打破するために両者が手を組んだんとちゃいますやろか」

旅籠の主の調べは行き届いていた。

「猩左衛門どの、岡藩は『長崎口』と称して抜け荷に手を染めたということでございましょうか」

「ただ今のとこ、しかとした証しはおへんが、南蛮堂が豊後の岡藩と手を組むんやったら、西国の雄藩の大半が昔から密かに関わってはる異国交易に遅まきながら手を出したちゅうことしか考えられまへん」

幹次郎は、清水寺の羽毛田亮禅老師から聞いた旧藩の、百姓、漁師や下士の娘らを京の花街に身売りさせる話にこの抜け荷の一件が加わるのか、いよいよ岡藩は貧すれば鈍するであると思った。幹次郎は、

「殿はご存じでございましょうか」

「西国の雄藩は、とうの昔から堂々と抜け荷交易に手を出してはります。ですが、新参の岡藩の場合は、今のところ重臣方の知恵とちゃうやろか。外港の三佐を利用して抜け荷を仕入れて摂津に運び、岡藩の大坂屋敷を経て京の南蛮堂に卸すんを始めたばかりでっしゃろ。当代の殿様は未だ承知されてへんちゅうことではおへんやろか。むろん岡藩の江戸藩邸の限られた重臣方もこのことを承知や、ゆく

ゆくは江戸でも抜け荷商いをとの考えに、神守様の腕を借りたいと誘いをかけはったのではおへんか」

とたかせがわの主が推測を交えて言った。

幹次郎はしばし沈思した。わが旧藩は遅ればせながら異国との抜け荷に手を出し藩政改革を策しているのか。すると監視の眼は、旧藩に雇われた者か。清水寺の羽毛田老師の話が真実とすると、岡藩は領内の娘らを京で売ろうとまでしていることになる。

「京都所司代や京都町奉行所が知ったら厄介になりませぬか」

「南蛮堂が扱うもんはあくまで『長崎口』の交易品どす。それに南蛮堂はぬかりおへん、御用の筋には手え回してます」

娘の売買話は知らぬ猩左衛門は言い切った。抜け荷話に藩が女衒の真似をするようなことが加わったとき、どのようなことが起きるかと幹次郎は案じた。むろん岡藩にいかなる形であれ、関わりを持つことはない。だが、この一年祇園社の門前町の花街を見ていくことになると、嫌でも幹次郎の知るところになろうと思った。

「われらが京に修業に来た時節に、旧藩も京にて抜け荷商いに関わろうとしている」

「金主《きんしゅ》は南蛮堂どす、仕入れは岡藩。なんぞ面倒が起これば岡藩がいちばん初めに公儀に目をつけられますな」

「主どの、旧藩の大坂屋敷の面々が京におる曰くが分かりました。今後とも会う機会があるやもしれません。ですが、それがし、旧藩に復帰する、あるいは関わりを持つことは決してございませぬ」

「それが宜しおす、もはや江戸幕府が政や商いを主導していく時代は終わったんちゃいますやろか。雄藩の大国、薩摩などは堂々と異国と交易して着々と国力を蓄え、その折りに備えてはります。けどな、神守様の旧藩は異国との交易に不慣れや、異人に高い品を買わされて南蛮堂はんに買い叩かれ、損をしはるんちゃいますやろか」

と猩左衛門が推論した。

「主どの、有難うございました。われら、己らが選んだ途を粛々と進むだけでございます」

「神守様、麻様、おふたりがうちにいなくなるんはなんとも寂しおす。おお、そうや、三井の隠居楽翁はんがおふたりと最後にもう一度夕餉をいっしょしたいそうな。どうどす、今宵夕餉を共にされまへんか。楽翁はんの願いを聞いてあげなはれ」

幹次郎は麻を見て、猩左衛門の招きを受けることにした。

その夕べ、湯に入った麻は素顔に薄い紅をはいただけで白地の紬《つむぎ》を着た。幹次郎は涼やかな夏物の単《ひとえ》に身を包み、脇差だけを携えて三井の楽翁の泊まる離れ屋に向かった。

「楽翁様、お招きにより遠慮のう伺いました」

「ようお見えになりましたな。神守様、加門麻様」

と迎えた楽翁が、

「京での修業先の目処はつきましたそうな」

と言った。

「当宿の主どのの口利きや提案を受け、祇園の旦那衆にお会いしてなんとか麻は一力亭で、それがしは祇園社の神輿蔵に住まいしながら、祇園社の門前町の花街やら芝居町やら、京の商いをまずは諸々観察することから始めます」

「ほう、麻様は一力に見習い奉公をなされますか。とは申せ、一介の女衆としての見習い奉公とは違いましょう」

「一力の女将水木様の傍らで京の茶屋商いを見せてもらいます」

「それはよい。あなた様方なら、きっと一を知れば十を察することができましょうでな。麻様が落ち着かれたころ、私も一度一力亭に上がらせてもらいます」

と楽翁が言った。

「ご隠居様、有難うございます」

と麻が深々と頭を下げた。

そこへ女衆が膳を運んできた。

「今宵の夕餉は鱧《はも》どす」

と女衆が京料理を説明してくれた。

さらに酒が運ばれてきて、今宵の主の楽翁が幹次郎と麻の酒器に京の酒を満たし、麻が楽翁の杯に注いだ。

「このたかせがわからふたりがいなくなると寂しゅうなりますな」

「ご隠居、それがし、麻と違い、祇園社に世話になりながら清水寺で勤行《ごんぎょう》するのがただひとつの修業でございます。ご隠居どのは一力亭に行かれる前に、祇園社にもそれがしを訪ねてくれませぬか。祇園社感神院執行の彦田行良様、清水寺の羽毛田亮禅老師ならば、きっと楽翁様と話が合いましょう」

「この旅籠の主どのに伺いました。京に来て十日もせぬうちにさような知り合いができるのは、神守様はよき運をお持ちなのでございますよ。私も祇園社感神院執行と清水寺の老師にお会いしとうございますな」

と楽翁が言った。

「それもこれもこの旅籠の主猩左衛門どのに始まり、楽翁様とお会いしたのが京の人びととの出会いのきっかけでございました」

「江戸に戻ったら難儀や厄介も待ち受けておりましょう。けれど、神守様と麻様ならばきっと切り抜けて京の経験を活かし、新たな吉原に改革なされましょうでな」

と楽翁が言ったところに猩左衛門が加わり、賑やかな一夕になった。

夕餉が終わったあと、幹次郎と麻は夜の鴨川の河原に出た。

明日から別々の修業を続けることになる。ふたりだけで過ごす夜、鴨川の散策を思い立ったのだ。

幹次郎は楽翁との杯の応酬に珍しく酔っていた。

「幹どの、ときにはお会いすることもありましょうな」

「そなたは一力の女将さん付きゆえ、勝手気ままなことはできまい。それがしのほうは当座祇園社の神輿蔵の部屋に寝泊まりしながら、気ままな日々が過ごせよう。一力の主どのがお許しくださるならば、ときに顔を出す」

「そうしてくだされ。女将さんにも願っておきます」

と麻が応じたとき、前後ふた組に幹次郎と麻は囲まれていた。

「幹どの」

「分かっておる」

と最前酔いのためか幾分呂律《ろれつ》が回らなかった幹次郎の口調が変わっていた。

「待っておった」

幹次郎がふた組の者たちに呼びかけると、麻を石垣へと導きその前に立った。

そのためにふた組が幹次郎の前に半円を組んだ。

「幹どのはこの者たちを河原に誘われたのでございますか」

麻の声が背後からして、

「明日からのことを考えると、いつまでもつけ回されるのはいささか不快ゆえな」

と幹次郎が小声で答え、六人の者たちと向き合った。だが、その六人とは別に離れた場所に黒羽織袴の武家が闇に隠れるようにひっそりと立っていた。

「闇の中に隠れておいでの御仁に問い申す。怪我人の具合はいかがかな」

闇の中で舌打ちが響いた。

「それがし、そなたらと関わりは持ちたくない。このまま立ち去られぬか」

幹次郎の問いに返答は戻ってこなかった。

「そなたらが京でなさんとする陰仕事、知らぬわけではない。そなたらがわれらに関わりを持たぬ以上、それがしはそのことを口にすることはない」

幹次郎の前の六人のうち、ふたりが抜刀した。このふたりが剣術の技量が高く、修羅場を潜った経験もあると、幹次郎はみた。

「そなたら、いくらでそれがしの始末を請け負われたな。百両や二百両ならば、いささかそれがしを甘くみておられることになる。世の中、命あっての物種《ものだね》にござろう、このまま手を引きなされ」

ふたりは無言で刀を構えた。

幹次郎の正面に立った小太りの剣術家は正眼《せいがん》だ、なかなか堂々とした構えだった。もうひとりは幹次郎の左手に位置して、八双に剣を取った。手慣れたふたり組だった。

「おぬし、流儀を聞いておこう」

「加賀深甚流《しんじんりゅう》」

「ほう、加賀に伝わる深甚流の遣い手か。ならばそれがしも加賀領内にて習い覚えた眼志流居合にて立ち合おう」

「なに、そのほう眼志流を遣うか」

幹次郎は八双の者にちらりと視線をやって、正面の剣術家に戻した。

両者の間合は一間。

幹次郎は腰をわずかに沈み込ませて左手を五畿内摂津津田近江守助直の鍔元に添えた。だが、右手はだらりと垂らしたままだ。

お互い生死をかけた戦いになると覚悟した。

八双の構えの者は二番手が己の番と心得ている風に見えた。

幹次郎は、ふっ、と息を吸い、止めた。

その瞬間、正面の正眼の剣客が無言で踏み込んでくると幹次郎の左肩口に刃を落とそうとした。迅速な剣さばきだ。

幹次郎は相手が踏み込んでくるのを見ながら、右手を腹前に躍らせ、助直の柄に手を掛けると同時に抜き放っていた。

正眼からの迅速の剣をはるかに超えて光に変わった刃が相手の胴から胸を斬り上げていた。

うっ

と呻いた相手の体が固まった。

「眼志流浪返し」

と幹次郎が吐き、加賀深甚流を名乗った剣客は麻の傍らに崩れ落ちていった。

幹次郎の助直が八双の仲間に向けられた。その者も後ろの四人も幹次郎の迅速の居合術に圧倒されて竦《すく》んでいた。

「どうなさるな」

幹次郎の問いに四人が柄に手を掛けた。

「失礼ながらそなたらの手には負えまい。乱戦なれば薩摩示現流《じげんりゅう》で打ち回りにて相手致す」

幹次郎が助直を立てたとき、河原の上流から御用提灯が見えた。

「まずい」

と初めて闇に隠れていた黒羽織袴の武家が言い、

「退《ひ》け」

と五人に命じた。

なんと加賀深甚流と名乗った相手を残して黒羽織袴と五人の刺客が下流へと逃げ去った。

そこへ京都町奉行所同心と御用聞き、小者たちが駆けつけてきた。

幹次郎は血振りをして助直を鞘に納めた。

「なにがあった」

と同心が幹次郎に質した。女連れの幹次郎が複数の者に襲われたことを見て取っていたのだろう。

「いきなり襲われましてございます、物盗《と》りかと存じます」

御用提灯の灯りが幹次郎の斬った相手の骸《むくろ》を照らし出した。傷口を調べていた御用聞きが首を振って、

「旦那、身罷ってます。えらい斬り口やで」

と歎息《たんそく》した。

「そなたが斬られたか」

「大勢に囲まれて致し方なく」

「旅の者じゃな」

「いかにも、この界隈の旅籠に泊まっております」

「旅籠の名は」

「たかせがわです」

「なに、たかせがわじゃと」

「猩左衛門どのの旅籠に世話になっております」

京都町奉行所の同心は、

(何者であろうか)

という顔で幹次郎と麻を見た。

「とは申せ、近々祇園社に世話になる身でござる」

「なに、祇園社と関わりの御仁か」

「祇園社感神院執行彦田行良様の親切にてこの京に一年滞在致しまする」

「おぬし、名は」

「神守幹次郎にござる」

と言った。首肯した同心が、

「薗八《そのはち》、たかせがわまでふたりを送っていけ」

と御用聞きに命じた。

「この御仁の始末はそちらでおつけくださるか」

幹次郎の問いに頷き、

「それがし、京都町奉行所目付同心入江《いりえ》忠助《ただすけ》にござる。おぬしとはまた会いそうだな」

と名乗った同心が、

「京も物騒でな、暗くなって女連れの散策は危のうござる。以後気をつけられよ」

と言い残しその場を去っていった。

幹次郎と麻は薗八と呼ばれた御用聞きの親分に旅籠たかせがわまで送られて戻った。むろん幹次郎の言葉の真偽を旅籠に質すためだ。

「どないされはったん」

「河原で物盗りと思える数人組の不逞《ふてい》の浪人者に襲われました。いえ、われらにはなんの怪我もござらぬ。親分方が駆けつけてくださったおかげです」

幹次郎は、あの者たちがただの物盗りなどではないことを承知していた。旧藩の者が関わっていると承知していたが、京都町奉行所の同心にもたかせがわの主にもそのことを伝えなかった。

幹次郎と麻が旅籠たかせがわの二階に戻ったのは四つ半（午後十一時）の刻限だった。

「幹どの、どこへ参られようと騒ぎがついて参ります」

「さだめかのう」

幹次郎は青い顔をした麻を抱き寄せると、

「明日からわれらの修業が始まる」

「はい」

と応じた麻が、

「お願いがございます」

「なんだな」

「今晩、麻といっしょに一夜を過ごしてくださいまし」

と幹次郎の顔を見ながら言った。

幹次郎は返事をすることなく麻の体を抱きしめた。むろん吉原に新たな難題が降りかかっていることなど、ふたりは知る由もなかった。

この作品は、二〇一九年十月、光文社文庫より刊行された『まよい道
新・吉原裏同心抄（一）』のシリーズ名を変更し、吉原裏同心シリーズ
の「決定版」として加筆修正したものです。

光文社文庫

長編時代小説
まよい道《みち》　吉《よし》原《わら》裏《うら》同《どう》心《しん》(32)　決定版
著者　佐《さ》伯《えき》泰《やす》英《ひで》

2023年7月20日　初版1刷発行

発行者　三宅貴久
印刷　萩原印刷
製本　ナショナル製本

発行所　株式会社　光文社
〒112-8011　東京都文京区音羽1-16-6
電話（03）5395-8147　編集部
8116　書籍販売部
8125　業務部

ISBN978-4-334-79475-0　Printed in Japan

組版　萩原印刷